VICTORY NOVELS

新生！最強信長軍

㊦真・山崎の戦い

中岡潤一郎

電波社

この作品はフィクションであり、登場する国家、団体、人物などは、
現実の国家、団体、人物とは一切関係ありません。

もくじ

新生！ 最強信長軍（下）――真・山崎の戦い

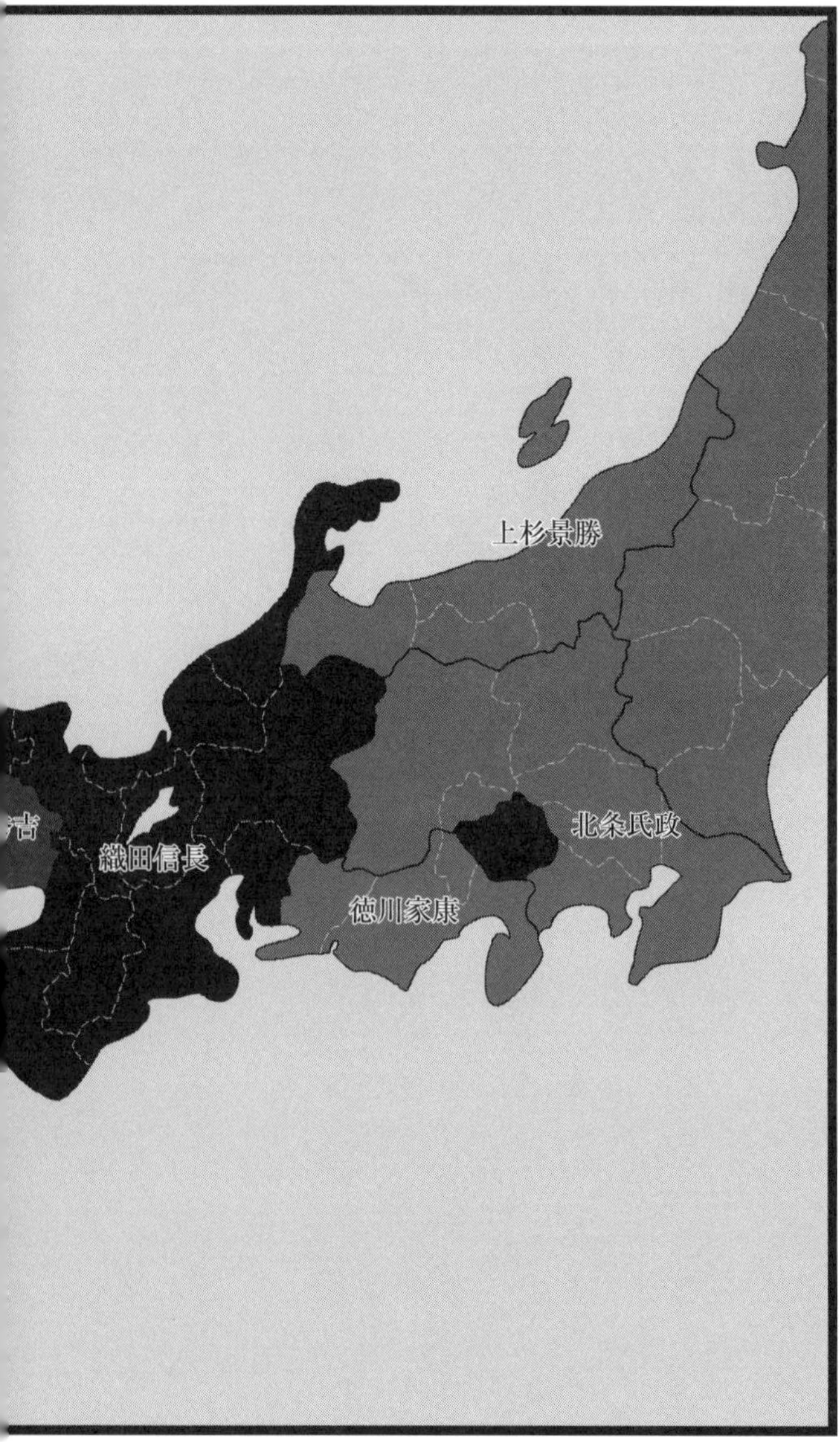
上杉景勝
吉
織田信長
北条氏政
徳川家康

天正一〇年一二月現在の勢力図

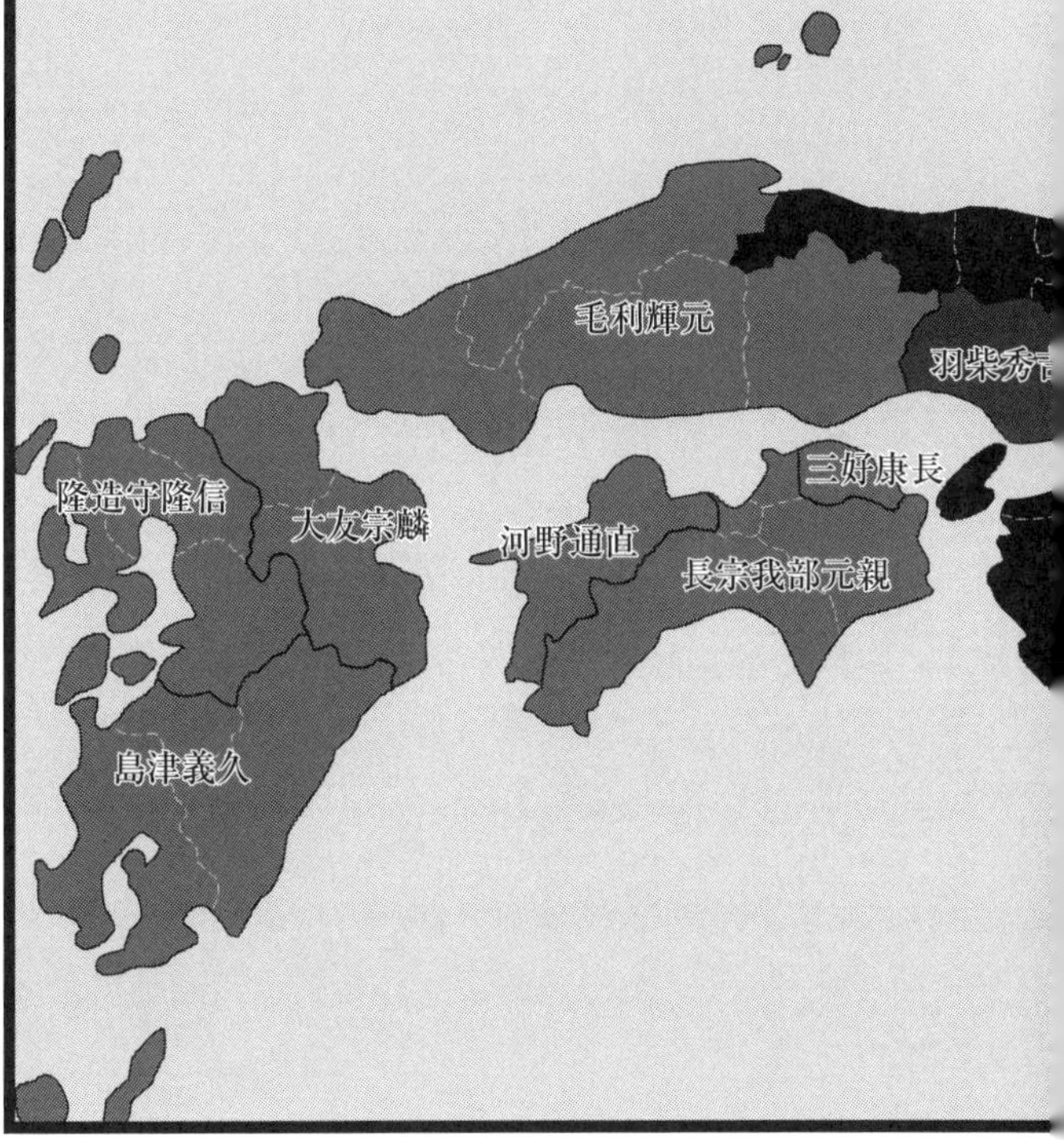

第一章　偽物《にせもの》と裏切者

一

天正《てんしょう》一〇年一一月一八日　二条城《にじょうじょう》

光明寺一久《こうみょうじいちひさ》が修繕を終えたばかりの二条城に飛び込むと、すぐさま水色の素襖《すおう》を身にまとった若武者が姿を見せた。

顔は強《こわ》ばっており、膝をつく時のふるまいも硬い。

若武者の名は明智《あけち》十次郎光泰《じゅうじろうみつやす》。織田家の重臣、明智日向守光秀《ひゅうがのかみみつひで》の次男だ。

この秋から「織田信長《おだのぶなが》」の小姓に任じられて、一久と行動を共にしている。

淡路《あわじ》、阿波《あわ》をめぐる戦いでは、信長の警護を務めつつ、血風が渦巻く戦場に赴《おもむ》き、大きな手柄を立てた。

阿波勝端城《しょうずいじょう》の戦いでも、三好家《みよしけ》の武将と正面から渡りあい、長い一騎打ちの末、その首級をあげている。

今やその名は織田のみならず、四国の武将にも知られるようになり、土佐の驍将《ぎょうしょう》、長宗我部《ちょうそかべ》土佐《とさ》守元親《のかみもとちか》がわざわざ会いに来て、その武勇を褒め称えたほどである。

まだ十代であるが、器量は十分で、兄の明智十五郎光慶《じゅうごろうみつよし》ともども、一久が期待する人物である。

例の急報が届いた時、ためらうことなく京に送ったのも、光泰ならば窮地にあっても怯《ひる》むことなく、やるべき事をやると信じていたからだ。

事実、光泰は一久の期待に応えて、動揺する織田家中を押さえて、一久を京に迎え入れる準備を進めてくれた。虚報が飛びかい、誰が信じられるのかわからない情勢にあっては、彼の果たした役割は途方もなく大きかった。

一久が速歩で会所に入ると、光泰もそれにつづいた。

「父上は、先刻、戻りました。今は奥の書院で上様が戻るのをお待ちしています」

「であるか」

「こちらです、上様」

光泰は先に立って歩きはじめる。その後につづきながら、一久は胸がざわつくのを感じた。

いまだに、上様と呼ばれると妙な気持ちになるが、それを押さえて、本丸の奥に足を踏み入れる。

彼が入った二条城は、関白だった二条晴良《はるよし》の邸宅があった場所にあり、足利義昭《あしかがよしあき》の追放後に整備して、信長が在京時に利用していた。その後、誠仁親王《さねひとしんのう》の邸宅になっていたが、再度、信長が譲り受けて、京の拠点として使用することを決めた。

この城は、一久とも因縁がある。

今年六月に発生した光秀の乱入、いわゆる京の騒乱で、信長の嫡男、織田信忠《のぶただ》と光秀勢が激突した場所である。

本能寺《ほんのうじ》に光秀本隊が乱入し、信長が追い込まれていることを知ると、信忠は救援に向かうべく兵を整えたが、その時点で本能寺は危機的状態になっていた。信忠はなおも出陣を望んだが家臣の説得を受けて、二条城にこもって明智勢を迎え撃つ準備を整えた。

そこには、京都所司代である村井《むらい》長門守《ながとのかみ》貞勝《さだかつ》も加わった。

短いが、激しい戦いの末、信忠は光秀勢に敗れて、深傷《ふかで》を負い、今も身体を動かすことができずにいる。貞勝とその息子である村井貞成《さだなり》も鉄砲で撃たれて、危うく死にかけた。

討死した武将は多く、早期に戦闘が終わった本能寺周辺に比べると損害は大きかった。

一久は、屋敷の残骸を見て、この地に改めて城を築くことに決めた。忌《い》まわしい出来事を消し去り、自分にとっても新たなる一歩を踏み出すためには、それが一番よいと考えてのことである。

一久は心地よい木の香りがする縁側を抜けて、奥の書院に入る。

待っていたのは、浅黄色の肩衣を着た武将だった。髪には白い物が混じっていて、額《ひたい》には深い皺《しわ》が刻み込まれている。老いの気配は強いが、それでいて頼もしさを感じるのは、背筋を伸ばして座る姿が凜々《りり》しいからだろう。

長年、織田家の最前線で戦ってきただけのことはある。美しさと猛々《たけだけ》しさが同居しているのは、一流の武将であることの証《あか》しであるか。

明智光秀は、一久が入ってきたのを見て、静かに頭を下げた。

慣れてきたとはいえ、いまだあの光秀が目の前にいるという事実には戸惑いがある。

それでも、一久は上座に回って、框《かまち》に腰を下ろした。

「面《おもて》をあげよ。日向」

仰々《ぎょうぎょう》しい言い回しをしたのも、どこで人が聞いているかわからないからである。狭い書院にいるのは一久と光秀の二人だけだったが、情勢を考えれば必要以上に気をつかう必要があった。

光秀は顔をあげた。

疲れはさすがに隠せなかったが、それでも表情には力強さがあり、彼が将来に絶望していないことが感じとれた。

一久は思わず口元をゆるめる。

「元気そうで何よりだ」

「上様こそ、お変わりないようで安心しました。四国の戦いは厳しかったと聞いて、気にしておりました」

「家臣がよく働いてくれた。おかげで、俺、いや、儂《わし》は何もすることがなく、ただ床机《しょうぎ》に腰かけて、味方が戦う様子を見ていただけだ」

「何をおっしゃるか。十次郎の話では、さかんに前に出て、采配を振るっておられたとか。淡路では落として間もない洲本城《すもとじょう》に入って、検分をされていたようですな。話を聞いて、肝を冷やしました」

「本物の上様なら、その程度のことはやってのけよう。儂はまねごとをしているに過ぎぬ」

「それも昔の話。武田《たけだ》攻めの頃の上様は、戦《いくさ》は人任せで、すべてが終わった後に姿を見せて、大儀であったと語るに留めておりました。戦の申し子であったあの方は、もういなくなっていました」

声にわずかな苦味が走る。

それが昔を懐かしんでのことなのか、変わってしまった信長に対する嫌悪の念があってのことなのか、一久にはよくわからない。

だが、信長に対する割り切れない思いは、いまだ光秀の心に残っており、それが何気なく表に出てきたということは見てとれた。

話をしているうちに、一久は気がゆるんで、小さく笑った。

「いいな。こうして話をするのは、久しぶりだ。はじめて会った時のことを思い出す」

「手前が本能寺に攻めかけた時のことですな。あの時は必死で、回りのことなどで考えている余裕がありませんでした。そこに、いきなり上様が現れ、話をしたいと言われたのですから。肝をつぶしました。何が起きたのかまったくわからず、顔をあわせた時には危うく太刀を抜くところでした」

「ひどいな、それは」

「それだけ驚いたということです」

光秀は頭を下げた。

「ありがたく思っています。おかげで、騒乱の罪を問われることなく、生きながらえたばかりか、こうして新しい天下を目指すこともできます」

「それは、こちらの台詞《せりふ》だな。おぬしと話ができたおかげで、儂も生き残ることができた」

これは、一久の本音である。

もし、あの時、光秀に真実を語ることができなかったら、どうなっていたか。

光秀と家臣が冷静にふるまったからこそ、彼は新しく人生をつかむことができた。

そう。織田信長としての人生を。


仕事を失い、友人にも裏切られた光明寺一久は、再出発のため岐阜《ぎふ》に向かっている最中、怪現象に巻き込まれて、二一世紀の世界から飛ばされた。

たどり着いたのは、戦国時代。しかも、光秀が攻め込む寸前の本能寺であった。

何と、彼は織田信長に転生していた。

姿形は信長で意識だけが一久という状態で、最初は何が起きているのか、まったくわからなかった。

フィクションの世界では当り前のようにおこな

われている時間転移であったが、まさか、それが現実に、しかも、自分の身体に起きるとは考えていなかったのである。

だが、背後から響いてきた森乱丸成利《もりらんまるなりとし》の声が彼を現実に引き戻した。

「返り忠です、上様。お逃げください」

振り向きざま、相手は誰かと訊ねると、乱丸は言い切った。

「明智日向守でございます」

そこで、事の次第を察した。

彼がいるのは、あの本能寺である。すでに火が放たれて、煙が周囲をつつんでいる。熱気もすさまじかった。

信長になった一久は、今、本能寺で打たれようとしている。

パニックに陥《おちい》りながらも、一久は、窮地を脱するべく、あえて敵に身をさらし、謀叛《むほん》の張本人である明智光秀との面談を求めた。

奇策に出たのは、一久が戦国フリークで、本能寺の変について十分な知識を有していたからだ。光秀が冷静沈着で、物事を正しく見抜く力があると考えて、事実をすべて語ると決めたのである。

うまくいったのは奇跡であった。

側近である明智左馬助秀満《さまのすけひでみつ》に伴われて、光秀に逢えた時、一久は気が抜けて、その場にへたり込みそうになった。

光秀と会って、すべてを語り、混乱の時機を抜けた上で、一久は織田信長として生きることを決めた。ほかに道はなかった。

今の一久は、織田信長として、史実ではできなかった日の本の統一を成し遂げるべく、懸命に働いていたが、それを実現までの道は遠かった。

礼儀作法すら知らず、天下の情勢も把握できていない状況では、その場をしのぐだけで精一杯であり、上様という呼称を受けいれ、自然に振る舞えるだけの余裕すらなかった。

今もまた、一久の知っている歴史にはなかった事件が起きて、光秀ともども途方もない苦境に立たされていた。


「それで、筑前《ちくぜん》はどうしている。叛旗《はんき》を翻《ひるがえ》したというのは、間違いないのか」

「播磨国《はりまのくに》をまとめあげ、兵を動かしたことは確実。すでに先鋒は姫路城《ひめじじょう》を出立《しゅったつ》し、摂津《せっつ》滝山《たきやま》城に向かっております」

「兵力は」

「今のところ二万。ですが、この先、例の話が広まれば、三万、四万と増えましょう」

「本気でやるつもりなのか」

驚くべき展開である。

まさか、あの羽柴《はしば》秀吉《ひでよし》が裏切るとは。想定外もいいところで、いまだに動揺が収まらない。

「この苦境でやってくるとはな」

「苦境だから仕掛けてきたのでしょう。織田が揺れている今だからこそ、勝算があると見て、兵を挙げたのです。むずかしいことになりますぞ」

「わかっている」

織田家を取り巻く環境は、ひどく不安定だ。

一久は、京の騒乱が落ち着くと、日の本を統一するべく、全国各地への軍勢派遣をおこなった。

信濃《しなの》には滝川一益《たきがわかずます》、北陸には柴田《しばた》勝家《かついえ》、備前《びぜん》には羽柴秀吉、そして伯耆《ほうき》には明智光秀である。

織田の版図は、北条《ほうじょう》、上杉《うえすぎ》、毛利《もうり》、三好《みよし》によって削り取られており、早々に建て直す必要があった。

とりわけ、西の備前、伯耆では敗戦がつづいていて、国衆の離反も目立っていた。

放置しておけば、西国の雄、毛利家が備前や伯耆の国衆を束ねて東進し、畿内を脅かす可能性もあった。

「上様が自ら四国に攻め込んだのは、よいことでした。出陣なさって、その姿を見せたことで、四国の国衆も織田の力が落ちていないことを知りましたので。淡路をまたたく間に落としたあたりから、山陰方面で国衆の動きが変わってきました」

「味方が増えたか」

「確実に」

光秀は静かに語った。その瞳は、一久から離れない。

当初は身分の高い人物と話す時に視線をあわせるのは礼儀に反するとして嫌がっていたのであるが、一久が顔をあげ、堂々と話をすることを望んだので、正面から顔をあわせる形になっている。

一久としては、二人だけの時は、対等とは言えないまでも、それに近い立場で接して欲しかったので、今の形は望むところだった。

「伯耆は落ち着いたか」

「尾高城《おだかじよう》は杉原元盛《すぎはらもともり》の寝返りもあり、我らが手にしました。羽衣石《うえし》の南条家《なんじようけ》も改めて臣従を誓っております。されど、それは羽柴筑前の裏切りが知らされる前のこと。今ではどうなっているのか、わかりません」

光秀は伯耆の情勢が安定すると、丹波《たんば》に戻り、朝廷や京の商人と連絡を取って、今後の作戦を練っていた。

秀吉裏切りの知らせが入ったのは、京に入った直後だった。

「筑前の動きが鈍いことには、気づいていました。ですが、まさか、返り忠をうつとは。思いも寄りませんでした」

「儂もだ。まさかあやつがな」

羽柴筑前守秀吉、裏切りの知らせを受けたのは、阿波勝端城が陥落した一一月一二日のことだった。光秀の家臣である妻木《つまき》頼忠《よりただ》が京からわざわざ阿波まで来て、急報を告げたのである。

衝撃であった。

はじめて聞いた時には、頭が激しく揺れたのをおぼえている。

「十一月七日、羽柴筑前は上様が偽物であるとの触れを出し、これからは上様の命には従わず、己《おのれ》の考えで動く旨を明らかにしました」

光秀の声には熱がこもっていた。これまでとは異なる迫力がある。

「信長でない者には従わないと。事実、すぐさま毛利と手を組むことを示し、播磨で手勢をまとめて京に向かって動きはじめました。与力の将は、筑前の下知に従っており、大きな問題は起きておりません」

「事前に手を打っているあたりは、筑前らしいな」

「筑前の配下には、黒田《くろだ》官兵衛《かんべえ》がおります。彼が播磨の国衆をうまくとりまとめたのでしょう」

「蜂須賀《はちすか》小六《ころく》や杉原家次《いえつぐ》は、秀吉にとって子飼いの武将。手懐《てなず》けるのは手間ではないか」

「筑前は、上様が偽物であることを暴き、織田家が本来、あるべき姿を取り戻すと述べております」

「京の騒乱は、信長を入れ替えるための謀略であったという考えだな」

一久は笑った。秀吉のねらいが手に取るようにわかる。

「背後で、糸を引いているのはおぬし。そうなれば、おぬしと偽物である儂を取り除けば、天下を揺るがした謀略は収まる。織田家は混乱から立ち直ると言いたいわけだな」

「口惜しい話ですが、実にうまくやっているかと。京の騒乱があったことは事実なのですから」

「そこで、信長が入れ替わったこともな」

　本能寺で一久と信長が入れ替わったのも事実ならば、その後、一久と光秀が手を組んで、日の本統一のための策を練りあげたのも本当のことだ。

　それを隠したまま、九月の評議に挑み、不審に思う家臣を押さえつつ、新しい織田家の方針を示したのであるから、秀吉の指摘は間違っていない。

　問題は、いつ一久が偽物と気づいたかということだ。

　光秀に訊ねたが、反応は芳《かんば》しくなかった。

「わかりませぬ。ただ、二人だけで会ったことがございましたな」

「ああ、筑前が播磨に戻る前に。長く話をしていたわけではないが」

　見送るという形で、一久は京の勝竜寺城《かつりゅうじじょう》に秀吉を招いて、少しだけ話をした。たいして時はかけず、内容も差し障りのないものだった。

　一久は信長らしくふるまい、秀吉もそんな彼を見て笑顔で話をしていた。上様らしいという言葉も出たほどである。

「羽柴筑前と上様の付き合いは、深きもの。三〇年近くになりましょう」

　光秀の言葉には、迷いがなかった。静かに自分の思いを語っているが、それが表に出てくるまでに十分に思索をおこなっていることがわかる。

「手前のような新参者とは異なります。上様について、我らが気づかない何かを感じとったのやもしれません」

「確かに。このふるまいは物真似に過ぎぬ。本物とは違いがあったのかもしれぬ」

「貴殿はよくやっています。入れ替わってから、およそ半年、当初は礼儀作法も武家故実もご存じなかったのに、今ではそれなりに形になっておられる。おかしなところがあっても、ごまかしが利くぐらいには」

「ありがたい話だな」

「ですが、相手は羽柴筑前。人を見る目に関しては尋常ならざる才がございます。おそらく、上様と話した、わずかな間に、その差違を感じとったのでございましょう」

信長らしく振る舞えなかったことで、秀吉は彼が偽物だと感じとった。


どこで確信を得たのかよくわからないが、思い切って勝負に出るからにはよほどの自信があったのだろう。

一久は信長フリークとして、その言動に関する知識は十分に持っていると思っていた。研究書を読み込み、最新の信長像に関する知識も貯めこんでいる。

しかし、現実に信長として暮らしてみると、絶対的に知識が足りないことがわかる。家臣が尾張《おわり》について話を振ってきた時、何の対応もできず、適当にごまかしたこともあった。

信長が生きた五〇年の人生は、実に濃厚であり、書物で補うことはとうてい不可能だ。

「羽柴筑前が叛旗を翻して、家中は動揺しております。あの筑前がそこまで言うからには、何らかの考えがあってのことと思うでしょう」

「そうだろうな。儂も同じように考える」

「何より、あの丹羽五郎左衛門《にわごろうざえもん》殿が追従したというのが驚きだったようで。美濃《みの》や尾張の家臣が騒いでいるのも、それによるところが大きいかと」

「わかっている」

一久は顔をしかめた。

丹羽長秀の離反は、最大の誤算だった。秀吉以上に、彼が寝返ることとは考えていなかった。

長秀は、天正四年の生まれで、信長よりは一歳年下になる。祖父の代から丹羽家は織田家に仕《つか》えており、長秀自身も若い頃から信長に仕えて、尾張統一戦に深くかかわった。

織田家中が動揺する中にあっても、一度として主君を変えることなく、常に信長を支えてきた希《け》有《う》の存在であり、その信頼はきわめて厚い。

武人としての才にも優れており、桶狭間《おけはざま》の戦い、将軍義昭を奉じての上洛戦、姉川《あねがわ》の合戦、浅井《あざい》、朝倉《あさくら》との戦いに参加し、多くの戦功をあげている。近江佐和山城《おうみさわやまじょう》の城主に任じられたのも、その才能を評価してのことだろう。

織田家の重鎮であり、美濃や尾張出身の武将にとっては頼れる相談役であった。かつて秀吉と柴田勝家が加賀《かが》での戦いでもめた時にも仲裁役を務めたと光秀に教えられた。

常に信長を支え、決して反抗することはなかった人物が、今回、秀吉と行動を共にしたのである。他の家臣が驚き、動揺するのも当然と言えた。

一久も、長秀の業績に関しては詳しく知っており、彼だけは何があっても裏切ることはないと盲信していた。話を聞いた当初は、何かの間違いではないかと思ったほどだ。

彼が本気で、一久と対決する姿勢を見せたら、手に負えない。

「今のところ、丹羽殿は大坂に留まっております。摂津衆とやりとりしているようですが、軍勢を動かす様子はありませぬ。様子見に徹しているようですが……」

「それはなかろう。筑前が来るのを待っている。そう考えるのが妥当だ」

秀吉と摂津で合流して、京に攻めのぼる。

その機会を確実なものとするため、丹羽長秀は動かずにいるのだろう。

「大坂には、織田の武将が集まっております。四国討伐に加わっていた侍従様も、昨日には丹羽殿と会って話をしています」

「わかっている」

信長の三男である織田侍従信孝《じじゅうのぶたか》は、秀吉叛乱《はんらん》の知らせを聞くと、摂津に引き上げ、その後は一久が阿波に戻るように命じても動かず、各地の武将と連絡を取り合っていた。秀吉とも接触しており、家臣が姫路に赴いたとの知らせも入っている。

信孝は、四国での扱いに不満を持っていた。

これまでの依怙《えこ》贔屓《ひいき》はなくし、他の武将と同じように遇していたためで、織田の一門であることに異様にこだわっていた。信孝はその現状に耐えられず、さかんに不満を漏らしていた。

淡路の戦いで負傷したのも、信長のせいだと考えていた。

そこに、信長が偽物であるという宣言が出されたのである。命令を聞かないのは当然と言える。

「侍従様は、この先、筑前と行動を共にしましょう。他にも中川清秀《なかがわきよひで》、池田恒興《いけだつねおき》らがそれに加わるかと」

「この先も、向こうに加わる者は増えるだろうな」

「上様が偽物ではないということを証明できなけ

れば、間違いなく」

「味方はおぬしとその一党だけか」

光秀の陰謀で信長が入れ替わったという構図が確定すれば、味方につく者はいない。伊勢《いせ》の織田信雄《のぶかつ》や大和《やまと》の織田信包《のぶかね》、さらには柴田勝家や滝川一益も軍を返して、いっせいに襲いかかってくるだろう。

「儂の首は持っていかれるな」

「手前もですよ。許してもらえるとは思えませぬ」

「残念ながら妙策はない。なにせ、本当に偽物なのだからな」

信長に関する知識はあるが、断片的で、正面から対峙すれば、嘘はたやすく見抜かれる。信長本人から受け継いだ記憶もわずかで、親しい家臣をごまかせるとは思えない。

転生して信長に乗り移ったという事実を、正しく伝える方法があるとは思えなかった。

一久は大きく息をついた。

今日の一久は薄緑の小袖に濃緑の袴にあわせ、その上から瑠璃色《るりいろ》の胴服を羽織っていた。ここのところ甲冑《かっちゅう》を着ることが多く、疲労がたまっていたので、軽装を選んだのである。

それでも服が重く感じられたのは、精神的な負担が大きくなっているためだろう。

信長として生きることを決め、ようやく全国統一のための一歩を踏み出したところで、途方もない逆境に追い込まれた。ストレスを感じるのも当り前だ。

「さて、この先、どうするか」

一久は、光秀を見やった。

「どうだ、儂の首を取って、筑前に渡すか」

「ご冗談を。今さらご機嫌を取ったところで、あやつが許してくれるはずがございませんよ。元々、仲はよくありませんでしたから」

　秀吉と光秀の関係がどのようなものだったか、詳しく知る機会はなかった。対立関係であったと記す書籍もあったが、それが事実かどうか確かめる術《すべ》はない。

　話を聞くかぎり、その対立は一久の予想以上にすさまじかったようだ。

「筑前が、黒幕を手前と見ている以上、逃げることなどできませぬ。一蓮托生《いちれんたくしょう》。貴殿にも覚悟を決めていただきたい」

「無論だ。他に道はない」

　光秀に見捨てられたら、それまでである。生き残るためには、最後まで行動を共にするしかない。

　一方で、光秀がその覚悟を示してくれたことはありがたかった。

　身内に裏切られるのは、もうたくさんだ。

「まずは、筑前の手勢を食い止めることが肝要かと。筑前の手勢は二万。それに丹羽殿、織田侍従様、さらに摂津衆が加わりますから、四万近いかと。話し合いで解決できるとも思いませぬので、どこかで一戦を交えることに」

　光秀の声には熱がこもっていた。

　さすがに、一流の戦国武将だけあり、覚悟を決めると、ふるまいが違ってくる。これまでの穏やかさは消えている。

「摂津で戦うのがよいかと思われますが、摂津衆の動きがどうなるかわかりませぬ。最悪の場合は、京に近い所での戦となりましょう」

「苦しいな」

「それまでに、貴殿には織田の重臣と会っていただき、自分が上様であることを示していただきます。中味は違っても、見た目は上様であり、ふるまいも似てきております。思いのほか、織田家に関する知見もございますから、無理にでも押し切っていただければと」

「できるか。俺に」

「やっていただかねばなりません。さもなくば、我らに待つのは死のみ」

光秀は、織田家中は混乱しているものの、今のところ、秀吉に味方する勢力は少ないと語った。

敵意を見せているのは秀吉の一党と、織田信孝、さらには勝手に戦線を離脱した、かつて小姓だった一党ぐらいで、今のところは様子を見ていた。

さすがに、信長が偽物であるという荒唐無稽《こうとうむけい》な話にはついていけないのだろう。

現実に一久の外見は信長そのものであり、その姿は九月以降、京や摂津、淡路、阿波でさらしている。縁の薄い者には判断がつきかねる。

「阿波で、三好勢を下したのもよかったですな。前に出て下知を出した姿を見た者も多く、さすが上様という声もあがっていました」

「十次郎には、さんざん叱られたぞ」

「手前も同じことを申したでしょう。御大将が前に出ても、よいことは何もありませぬ。たまたま、今回は役にたったということだけで」

「そうだな」

「阿波の戦いに勝ったおかげで、味方によい印象を与えることができました。そこをうまく生かしていけば、やりようはあるかと」

「絶望的ではないな」

一久が偽物であることは確かだが、戦果を積みあげてきたおかげで、それを信じ切れない者も数多くいる。その利点を生かして、秀吉と対峙していく以外になかった。

そのために、自分がやるべきことは……。

一久が記憶に思いをはせた時、脳裏に濃厚な映像が浮かびあがった。鮮烈な印象に耐えかねて、額を指で押さえる。

「どうかしましたか」

「いや、何でもない」

こみあげてきたのは、信長の記憶だった。

本能寺に向かう直前、安土《あづち》城内でおこなわれた酒宴の情景が頭をよぎる。

広間で多くの男女が入り乱れ、痴態をさらしている。口移しで下女に酒を飲ませる小姓もいれば、堂々と若武者に身体を寄せて、その胸を押しつけている娘もいる。

酒を飲んで声を張りあげているのは、森力丸《もりりきまる》だった。小袖の胸元は大きく開かれていて、女に吸われたとおぼしき痣《あざ》が幾つも残っていた。

笑い声が響く。それが自分自身、いや信長のものだとわかった時、胃の腑《ふ》が大きくねじれ、吐き気がこみあげてくる。正常ではいらない。

信長は、この乱れた酒宴を楽しんでいた。彼もその一員であり、傍《かたわ》らには女官の姿があった。

望みもしない、この記憶を叩きつけられた時、一久は知った。

信長が堕落していたことに。

武田征伐の前から、信長は政務への興味を失い、享楽の世界に身を投げていた。

昼間から酒を飲み、女と絡み合い、お気に入りの小姓を手元に置いて、遊び狂っていた。光秀や勝家といった重臣とはほとんど顔をあわさず、内向きの世界に引きこもったのである。

それは、一久が憧れた覇王ではなく、かつて彼が過ごしていた世界で何度となく見た、夜逃げした社長がキャバクラで遊んでいる時の情景そのものだった。

　光秀から、一久は信長が堕落していたことを告げられて、素直に納得できたのも、断片的に残ったその記憶があったからだ。

　それまで、一久は、信長は常に最前線で戦っていた、本能寺で奮戦する姿には美しさすら感じていたのに、現実はまるで違っていた。

　信長とその周辺が腐敗していたと知った時、一久は自らが信長となって、全国統一の覇業を押しすすめていくと決めた。

　長い戦いで疲れていたにせよ、峻烈《しゅんれつ》で、自分にも他人にも厳しくふるまう自分を捨ててしまったことは許せなかった。

　本物の信長が理想を捨ててしまったのであれば、やるのは自分しかいない。一久は己の理想像を守るために、慣れぬ戦国の世に身を投じる決断を下したのである。

　信長を名乗ってしまった以上、その美しさを捨てるような真似は許されなかったし、そのつもりもなかった。

「わかった。今は味方を増やすことが第一だな。できるだけ会おう」

「御意《ぎょい》」

　光秀は頭を下げ、一久はうなずいた。

「あとは、大坂の丹羽五郎左だな。あの者をどうするか」

「さようで。丹羽殿の動きで、今後が変わってきましょう」

　長秀とは何度か顔をあわせたが、取り立てておかしなふるまいは見せなかった。一久も注意して話をしており、正体を知られるようなことはなかったと考えている。

　しかし、秀吉同様、長秀も本物の信長と長く付き合っており、一久の所作から本物とは異なる何かを見出したのかもしれない。

　秀吉に味方としたとはいえ、今のところ長秀は目立った動きはしておらず、できることなら早いうちに手は打っておきたい。

「では、まず摂津と和泉《いずみ》であるが……」

　冬の一日は短く、書院には朱色の輝きが差し込みはじめた。隙間《すきま》から冷たい風が流れ込む。

　部屋が冷えるのもかまわず、一久はなおも光秀との話をつづけた。

二

一一月一九日　岡山《おかやま》

小早川中務大輔隆景《こばやかわなかつかさのたゆうたかかげ》が座敷に入った時、すでに彼が対面すべき相手は下座で待っていた。

　鴨《かも》を染め抜いた茶色の大紋に、黒の袖無し羽織という格好だ。ゆったりとした着こなしをしているのは、身体を少しでも大きく見せたいという意志があってのことか。

　口元には笑みがあり、そのおかげで、猿と呼ばれるほどの異形《いぎょう》でありながら、どこか愛嬌《あいきょう》を感じる表情になっている。人たらしと言われる由縁《ゆえん》だ。

　隆景は気を引き締めて、相手を見やった。彼の都合にあわせるわけにはいかない。

羽柴筑前守秀吉は、おそろしい男だ。油断すれば、たちまち五臓六腑《ごぞうろっぷ》を食われてしまう。

「待たせたな。思いのほか、城を出るのに手間取ってな」

「なんの。お目通りを願ったのは、こちらでございます。お忙しいところ、わざわざ顔を出していただいて、恐縮です」

秀吉は一礼すると、腰をずらした。上座に座れと態度で示している。

迷ったが、隆景は座敷の上手に回って腰を下ろした。このようなところで時間を使っても致し方ない。

「今日、この場にお出でいただき、本当にありがとうございます」

秀吉は腕をさっと開いて、頭を下げた。

「羽柴筑前、あさってに播磨を発《た》ち、京へ向かいます。その前に、一度、小早川様と顔をあわせ、ご挨拶をしておくべきと考えました。これが今生《こんじょう》の別れになるやもしれませぬので」

「大仰《おおぎょう》に過ぎる。そこまで言わずともよかろう」

「さにあらず。挑むのは、かつての我が主君でございます。あっさり返り討ちにあっても、おかしくはないかと」

「偽物《にせもの》相手ならば、そうはなるまい」

隆景は淡々と応じる。

「やすやす打ち破り、明智日向ともども、その首級を京の町にさらすことができよう」

「そうだとよいのですが」

秀吉は口元を歪《ゆが》めて笑う。謙遜《けんそん》しているが、瞳の奥底にある自信を消すことはできなかった。

冷たい風を感じながら、隆景は改めて秀吉を見つめる。

彼らが顔をあわせているのは、岡山城近くの丘にある小さな屋敷だった。十間四《じっけんし》方《ほう》で、板の間が二つと奥座敷が一つという作りになっている。

　この会談のために隆景が建てた家で、用意したばかりの畳は芳《かぐわ》しい匂いを放っている。

　秀吉が隆景との顔合わせを求めてきたのは、五日前のことである。すでに信長が偽物と天下に知らしめた後のことで、今後の策については打ち合わせ済みだった。

　秀吉が動けば、その後詰めとして隆景の軍勢が播磨方面に進出する予定だ。村上《むらかみ》水軍もそれに歩調を合わせて淡路方面に展開するし、讃岐《さぬき》や伊予《いよ》の兵力も攻勢に転じる手筈《てはず》が整っている。

　山陰地方では、すでに、吉川《きっかわ》元春《もとはる》の手勢が動いて、因幡《いなば》の国衆に圧力をかけていた。

　合戦ははじまっており、今さら話しあうことはない。

　それは双方ともわかっているはずなのに、あえて秀吉が話を持ちかけたことが気になって、隆景は会談を受けることにした。

　あえて敵地に踏みこんできた秀吉の心境はいかなるものなのか。

　隆景は、先手を取って話を切り出した。

「丹羽殿はどうしておられる。味方についた後は動きがないようだが」

「大坂に留まって、摂津、河内《かわち》の織田勢に声をかけております。なにせ、いきなり上様が偽物と言ってしまいましたからなあ。なかなか受けいれてもらえぬようで。蜂屋《はちや》出羽《でわ》殿もあわてて大坂に戻って、丹羽殿と話を持ったぐらいでして」

　秀吉は顔をしかめたが、本気で困っているわけではない。余裕のあるふるまいを見れば、それはわかった。

「今は書状を書いて事情を知らせる一方で、大坂を訪れる諸将を口説いております」

「味方は増えたのか」

「それは、もう。中川瀬兵衛《せいべえ》と高山右近《たかやまうこん》が早々に行動を共にすると知らせてきました。ほかにも若《わか》江《え》三人衆の池田、野間《のま》、多羅尾《たらお》。和泉の松浦《まつうら》、寺《てら》田《だ》も味方につくと申しております。摂津におりました森坊丸《ぼうまる》も大坂に入っています」

「少ないな。大物が動いている様子はない」

「何をおっしゃるか。丹羽様に中川、高山、さらに織田侍従信孝様が加わるのです。子どもが父親に叛旗《はんき》を翻《ひるがえ》す。これがどれほど大事なことか。わからぬ小早川殿ではありますまい」

「確かにな」

少ないと言ったものの、布告を出してからわずか半月で、三万の兵をそろえている。その手腕は認めざるをえない。

「毛利には、すぐに伯耆の織田勢を突き崩してもらいませんと。今回の件で、伯耆の国衆は動揺しておりますから、一突きすれば、たちどころに崩れましょう。特に、尾高城の杉原家は家中の争いが収まっておりませんので、よい機会かと」

「わかっている。賢《さか》しいことを申すな」

秀吉は笑って、頭を下げた。すべてお見通しと言わんばかりの態度は、いささか腹立たしい。

情勢が大きく変わったことは、十分すぎるほど理解している。

天正一〇年六月二日、明智光秀が京に乱入した事件、いわゆる京の騒乱で、織田家は混乱し、一時は内部から崩壊するのではないかと思われた。

西国では、三好康長《やすなが》が寝返って阿波で独立する一方、織田と和議を結んだ毛利がそれを破って東進、備前、美作《みまさか》、西伯耆を支配下に収めた。

とりわけ備前では当主の宇喜多秀家《うきたひでいえ》を岡山城から追放して、その後、謀殺、家中を乗っ取るという荒技で勢力を伸ばした。一部の手勢は播磨の織田勢にも圧力をかけたほどだ。

毛利家は、織田との戦いで、長く不利な立場にあったが、ようやく一矢《いっし》報いたのである。

しかし、流れがよかったのは九月上旬までで、信長が姿を現し、山陰方面で明智光秀が采配を振るうようになると、一気に押し込まれる展開になった。

羽衣石城をめぐる戦いでは、兄の吉川元春、甥《おい》の元長《もとなが》が大敗し、後退を余儀なくされた。

それればかりか、光秀の調略で、伯耆の要衝の尾高城を奪われてしまい、出雲《いずも》、備後《びんご》の情勢が著《いちじる》しく悪化した。尼子《あまご》の旧臣も織田に同調し、一一月の半ばには月山富田城《がっさんとだじょう》の周辺で小競《こぜ》り合いも起きている。

播磨の羽柴勢も、一〇月には備前との国境に進出して圧力をかけてきた。

毛利の攻勢は裏目に出た。

約定《やくじょう》を違《たが》えたことで、織田との関係は最悪になり、今さら和議を結ぶこともできない。

攻勢を主導したのは元春だったが、隆景も好機とみて、積極的に備前攻略にかかわったのであるから責任は負わねばならない。

この先、どうするか彼が迷っていた時、突如、秀吉の使者が現れて、秀吉自身が面談を求めていることを告げた。そこから事態は、また大きく動いたのである。

「手前と手を組んだ以上、損はさせませぬぞ」

秀吉は両手を膝について、身を乗り出した。

「毛利が背後を固めてくれれば、播磨の味方は諸《もろ》手《て》をあげて、京に向かうことができます。途中で丹羽殿、侍従様の手勢が加わり、さらには摂津、河内勢も仲間に加わるので、京に向かう時には五万の兵がそろいましょう」

「その数なら、織田もそろえることができる。たやすく打ち破ることはできまい」

「さにあらず。上様が偽物となれば、兵を出すのを躊躇《ちゅうちょ》する者もおりましょう。丹後《たんご》の細川《ほそかわ》、大和の筒井《つつい》あたりは、様子見に徹するはず。加えて、東には柴田勝家、滝川一益の兵もおり、彼らの動向次第では、そちらに兵を回す必要も出てきましょう。五万などとうてい無理。いいところ二万。場合によっては、それよりも少ないかと」

「信長の威光は、そこまで落ちていると」

「偽物であれば、当然のこと。誰だって、上様でない何者かの指図を受ける気はありますまい。小早川様もそうでしょう」

「余計なことを」

隆景は顔をしかめた。

どうも秀吉は一言、多い。

彼の言うとおりであれば、秀吉と毛利勢は優位に立って戦いを進めることができる。織田勢は満足に迎え撃つこともできないはずで、力押しにしていけば、勝利は間違いない。

だが、そのためには、本当に信長が偽物でなければならない。

「大丈夫なのか」

隆景は訊ねた。

その前提が崩れると、すべてが終わり、毛利勢は地獄の業火《ごうか》に焼かれることになるだろう。

「今の信長は偽物で間違いないのだな」

「もちろんです。この筑前を信じていただきたい」

秀吉は笑って、自らの胸を叩いた。

「その根拠は」

「勘でございますな」

「そんなあやふやな……」

「これは、失礼、勘と申しても、十分に拠《よ》り所《どころ》のある話でございまして」

秀吉は、信長と話をしていて、辻褄《つじつま》のあわぬところが目立ったと語った。

「ああ見えて、上様は人を見る目は細やかです。何ができて、何ができないのか。どのようなことが好きで、どれを好まないのか。正しく見抜くことができます。家臣の心の底まで踏みこんでくるようなところがありまして、手前も何度となく冷や汗をかかされました」

それは、信長が家臣を信じていないからだ。いつ裏切るかわからない。そう思っているからこそ、本心を探り、的確に見抜こうとする。気遣いではなく、猜疑《さいぎ》の心が先に立っていると見るべきであろう。

「それが手前のみならず、他の家臣についても、裏を探ろうとしませんでした。今がよければ、それでよいだろうと。それは信頼の証《あか》しと取ることもできますが、残念ながら上様らしくありませぬ」

秀吉は、信長の猜疑心について正しく見抜いていた。自分を疑っていないからこそ偽物であるという見立ては、皮肉ではあるが、筋道は通る。

他にも、秀吉は信長が本来の姿とかけ離れているところを語った。

それは執拗かつ、細かく、余人なら気づかないことばかりだった。

秀吉の信長を見る目は、家臣の分限を超えていた。あまりにも執着が強すぎる。

「最後に、一つ、これが決め手になりました。上様は、日の本の統一を目指すと我らの前で語ったのです」

「……それは、おかしなことなのか」

信長が畿内のみならず、四国や九州、さらには関八州《かんはっしゅう》や奥羽《おうう》まで手を伸ばしていることは周知の事実だ。薩摩《さつま》の島津家《しまづけ》や陸奥《むつ》の伊達《だて》家とも、書状や贈り物のやりとりをしており、その目は全国の隅々まで行き届いていた。

いずれ信長は日の本をまとめあげ、その上で征《せい》夷大将軍《いたいしょうぐん》に就任する。そのつもりで動いていると、隆景は信じて疑っていなかった。

「そう考えるのは、当然のこと。ですが、上様は、日の本の統一から興味を失っておられました。手に入るのであれば、それでよいが、そのために無理に何かをするつもりはないと。武田征伐、いえ、その前から、上様の考え方は内向きになっていました」

「つまらぬ宴《うたげ》も開いたようだな」

「おっしゃるとおり、安土で派手にやっておりました。何度も何度も。上様は広い世界から目をそむけ、己《おのれ》のみを認めてくれる場所で遊びほうけていたのです」

「あの信長が……」

信じられない話だ。覇気の塊のような人物が、そこまで崩れるとは。

隆景は信長の動向を調べていて、本願寺《ほんがんじ》と和睦した頃から、その動きが鈍くなっていることを感じとっていた。自ら前線に出ることなく、後方で引きこもって、目立った動きを見せることはなかった。

西国での戦いも、指図はするのであるが、細かいところは家臣にまかせきりだった。

備中《びっちゅう》方面に信長が進出してくるという噂を聞いた時、隆景は虚報ではないかと思った。それほどまでに動きは鈍かった。

秀吉の話を聞いて、隆景の心は痛んだ。

信長は強大な敵であり、その覇気は毛利家にとって脅威であったが、それがすでに消え去り、過去のものになったと告げられてしまうと、何とも言えない寂しさを感じる。

内にこもる信長など見たくはなかった。

覇王は覇王のまま、鮮やかに、その人生を駆け抜けて惜しかった。たとえ、その身が業火で焼かれたとしても。

隆景は、信長の強い個性に惹かれており、それは自覚できるほどに強かった。

「かつての上様は、本気で全国を束ねるべく動いており、手前に、日の本をまとめあげた後のことを語ったこともございました。ですが、今、それはありえません。覇気は消えてなくなったのです。ここで、急に全国統一を考えることなどありえません」

「気が変わったということは」

「ありえません。上様は長い戦いで疲れていました。己を立て直す気力はありませんな」

隆景は大きく息をついた。

では、本当に、信長は消えてなくなったのか。

今のふるまいがかえって本物らしく見えるとすれば、偽物の方が信長らしいということになり、いささか皮肉が効きすぎているように思える。

隆景は秀吉を見て訊ねた。

「しかし、なぜ、その偽物は、信長の後を継ごうなどと考えたのか。露見すれば、首が飛ぶことはわかっていただろうに」

「さあ、日向に言いくるめられたのではありませぬか」

「では、おぬしは、明智日向が黒幕であると」

「もちろん。そのために京の騒乱を起こしたのです。ただ、そのようなことはどうでもよいことかと」

「何だと」

「上様が偽物で、我らを欺《あざむ》いていた。それを糾《ただ》すために、我らが動いた。それでよろしいのではございませぬか」

相手の正体はどうでもよく、今は秀吉自身の野心を達成するために兵を出すということだ。ねらいは明確である。

我欲を追求する姿は浅ましいが、それを批難できるほど、隆景も清く正しい道を歩んできたとは言えない。

「我らが先鋒となって、京へ飛び込みます。毛利家もその後につづいていただきたい」

「心得た」

「朝廷には、すでに使者を立てております。手前だけでなく、丹羽様からも近衛相国《このえしょうこく》様に書状を出して、事の次第をつまびらかにしております」

「相国殿は、信長に近い。大丈夫なのか」

「関白の一条《いちじょう》様にも使いを送っています。一条様は、上様と相国様のつながりを気にしておられましたから、うまくやってくれるかと」

今の信長が偽物であれば、太政《だじょう》大臣である近衛前久《さきひさ》の立場は危うくなる。武田征伐にも行動を共にしている彼が無傷でいられるはずがない。

朝廷内部の均衡は崩れるはずで、そこをうまく利用すれば、秀吉は自分に有利な体制を作ることができる。

この時点で朝廷への工作をはじめるあたりに、隆景は視野の大きさを感じた。

「丹羽様が動いていますから、そのあたりは抜かりありませぬ」

「そうだな」

丹羽長秀は京に長く滞在しており、公家との付き合いも深い。朝廷工作には最も適した人物であろう。

朝廷が味方につけば、情勢は決定的になる。偽の信長は朝敵となり、全国各地の武将からねらわれ、ついには滅びる。

毛利は天下の平穏を守った中心的な存在として、その地位は他家を圧倒することになる。それは、今後、西国での戦いを進めていく上でも有利になるはずだ
「あいわかった。では、動くとしよう」

やるしかない。もはや賽《さい》は投げられた。

毛利は秀吉と行動を共にする意志を示しており、今さら後退することは許されない。

織田との関係は最悪であり、倒すか倒されるかのどちらかである。秀吉が味方につくというのであれば、それを利用して、織田の力を最大限に削《そ》ぐしかなかった。

「ただ、一つ聞いておきたい」

隆景は語気を強めた。

「何でございましょう」

「おぬしにとって、織田信長とはどのような存在なのか。そして、信長を倒した後はどうするつもりなのか」

「訊ねているのは、二つでございますな。まあ、

どうでもよいのですが」

　秀吉は笑って、座り直した。

「最初の問いですが、上様は手前を引き立ててくれた大恩人であり、死ぬまで共にあることを望んだ主君でございます。上様が行けというのであれば、どこへでも行くつもりでした。四国だろうが、九州だろうが、唐《から》の国であろうが。それだけの魅力を有しておられました」

「最後は堕落していたようだが」

「それでもです。敬愛の念は消えることはありませんでした」

　秀吉は表情を変えなかった。

「だから、偽物が信長を名乗ることは許せません。見ているだけで、虫酸《むしず》が走ります。あんなまがい物に仕《つか》えるぐらいだったら、腹をかっさばいて死んでやりますよ」

「そこに毛利が巻き込まれるのは困るな。やるなら一人でやれ」

「それは、ひどい。最後まで付き合ってくだされ」

　秀吉はからからと笑ったが、それは一瞬のことで、すぐに表情を引き締めた。

「それから、上様を倒したら、どうするかということですが、そのあたりは何とも。本物の上様はおらず、あれはまがい物なのですから。いろいろ考えていることはありますが、それは、あやつがいなくなってからでもようございましょう」

「それもそうだな。負けたら何の意味もない」

「では、よろしくお願いします」

　秀吉が笑って一礼する様子を、隆景は無言で見ていた。

　彼の本音はどこにあるのか。語ったことが本心とはとうてい思えないが、嘘をついているようにも見えない。二重三重の幕に覆われた心の奥底には何が潜んでいるのか。

よくわからないままに、隆景は立ちあがった。もう話すことはなかった。

「筑前は屋敷を出ました。そのまま帰るようで」

隆景が対面の場から離れた窪地でたたずんでいると、茶の小袖をまとった武将が声をかけてきた。傍《かたわ》らで膝をつく姿は堂々としており、自然と目を惹きつけられてしまう。

岡与次郎景忠《おかよじろうかげただ》は隆景の家臣で、永禄《えいろく》一〇年に元服して以来、側近として仕えている。使者として穂田元清《ほいだもときよ》や吉川元春の元に赴《おもむ》いたこともあり、今回、秀吉との同盟を押しすすめるにあたっても手足となって活躍した。

三村元親《みむらもとちか》と戦った時には国吉城《くによしじょう》の大手門を打ち破り、守将を倒すという功をあげている。

隆景への忠義は厚く、苦境に立たされても、彼が命じれば、怯《ひる》まずに、やるべき事をやってくれる。今回も秀吉との対面の場を作りあげ、話し合いがうまくいくように環境を整えてくれた。

「そうか」

隆景は視線を東に向ける。屋敷から伸びるつづら折りの道は、突き出した崖に隠されて、半分より先を見ることはできない。秀吉の姿がないということは、すでにその先へ行ったのであろう。

「何のために筑前は来たのか。よくわからぬ」

話し合った内容は、これまでの繰り返しだった。伯耆の戦にしても、伊予、讃岐の支援にしても、細かく手順を決めており、今さら確認する必要はない。ほとんど供も連れずに、現れる理由が見当たらない。

「思うところがあったのかもしれませぬ」

景忠が膝をついたまま語った。

「もしくは命をねらっていたのかも」

「それはない。ここで儂《わし》の首を取っても、何の利益もない。あの信長が逆らった者を許すとは、とうてい思えぬ」

「やってみなければわかりませぬ」

景忠の声が低くなった。

「ここで筑前を討ち取って、織田に送れば……」

「よせ。それこそ意味がない」

秀吉は無防備に近く、その気になれば、討ち取るのはたやすい。

だが、それで状況が変わるわけではなく、かえって織田を楽にするだけだ。

それがわかっているから、秀吉は悠々と敵地に乗り込み、話をして帰ったのである。


「もう決まったことだ。押し切ってしまったのだからな」

今回、秀吉と同盟を結ぶにあたって、毛利家中は大きく揺れた。同盟に反対する者は多く、徒党を組んで隆景の元に乗り込んでくる者もいた。

一族でも弟の穂田元清は強く反発したし、兄の吉川元春も難色を示した。

何より、当主である毛利輝元《てるもと》が乗り気ではなかった。秀吉は曲者《くせもの》であり、己の野望のために、毛利家を利用するつもりと疑っており、秀吉との直接面談も最後まで拒んだ。

輝元が協調を拒む背景には、秀吉に対する疑念に加えて、強引に同盟を押しつける隆景に対する反発もあった。少なくとも隆景は、そう見ている。

兄の毛利隆元《たかもと》が早世し、輝元が当主になると、隆景は、若年の甥っ子に対して、その言動を事細かく注意し、毛利の君主としてふさわしくふるまうように注文を出しつづけた。

輝元が意見を述べると、それを徹底的に論破し、年長者の意見に従うように叱りつけた。ひどく強い言い回しをしたので、元春が気にしたが、隆景はやめなかった。

毛利家を保つためには、早く輝元に一人前になってもらわねばならず、そのためにはやり過ぎであることは承知していても、厳しい教育をつづけていくよりなかった。

その輝元が秀吉の件で反発するのは、ある意味当然であった。隆景の圧力に不満を持ち、自分の意志を通すため、強い態度に出たと言える。

それらをすべて承知の上で、隆景は押し切って、同盟成立に持ち込んだ。輝元の沈黙すら同意の証しと取って、交渉を押しすすめたのである。

「もし、失敗したら、儂は終わりだ」

隆景は笑った。

「家中から袋だたきにあう。それどころか、殿に切腹を申しつけられるかもしれん」

「それは、やり過ぎかと。我らは織田に追いつめられておりました。押し返すのであれば、筑前と手を結ぶしかなかったのです」

景忠は力強く言い切った。

そこには隆景を励まそうという意志があって、素直にうれしく思った。

「そうだ。京の騒乱に乗じて、我らが東を目指した時から、織田との戦いは避けられなかった。賭けに出たのであるから、最後まで押しきるしかない。どれほど分が悪くともな」

「心中、お察しいたします」

「行こうか」

隆景は景忠を伴って、丘を離れた。

温暖な岡山であっても、一一月の風は冷たい。

舞いあがった砂埃《すなぼこり》は、さながら彼らの行く手を阻《はば》むかのように、大きく目の前に広がった。

三

一一月二二日　白地城《はくちじょう》

長宗我部土佐守元親が広間に入ると、若武者がひどく高い声で問いかけてきた。

「父上、どうでした。駄目でしたか」

元親の長子、長宗我部弥三郎信親《やさぶろうのぶちか》である。頬は真っ赤で、興奮を抑えきれないようだ。

凜々《りり》しい顔立ちと骨太な体格のおかげで、見た目は立派だが、切所《せっしょ》で自分を抑えられないあたりは、まだ子どもである。血気盛んな十代とはいえ、もう少し慎みを保って欲しい。

「若、口が過ぎますぞ。落ち着いてくだされ」

傍《かたわ》らに座る将がたしなめたのも、当然と言える。

黒の具足に、赤の陣羽織を身につけていたのは、元親の弟である香宗我部安芸守親泰《こうそかべあきのかみちかやす》である。

香宗我部家に養子に行った後も元親を支えつづけ、土佐統一に貢献した。元親が阿波や讃岐に進出する時には、土佐に残ってまとめ役を務めた。

元親が最も信頼する武将であり、家の大事を決める時には必ず相談していた。

「殿は今、帰ってきたところ。ろくな挨拶もせず、いきなり口を開くとは、無礼が過ぎますぞ」

「そ、それは、そうだが」

「阿波、讃岐は大きく揺れ、何があってもおかしくないのです。そういう時にこそ、落ち着いたふるまいをしていただきたい」

一族の重鎮に言われて、信親は沈黙した。このように座を引き締めてくれるのも、彼の優れているところだ。

元親は上座に腰を下ろして、広間を見回す。

座っているのは四人で、いずれも長宗我部家を支える重要な人物だった。この人数ならば奥座敷でもよかったが、あえて広間を選んだ。

白地城のこの広間では、何度となく長宗我部家の命運を決める軍議をおこなった。阿波進出の時も、讃岐の香《か》川《がわ》家《け》に息子の親和《ちかかず》を送り込むと決めた時も、ここだった。

一時は手切れになった織田家と再び手を取り合う際には、この広間に二〇人を超える家臣を集めて議論をおこなった。意見が出尽くした後で、元親が裁決し、織田と共同で阿波、讃岐を攻略すると決めたのである。

白地城は、阿波西端に位置し、土佐から阿波、讃岐、伊予に進出するためには必要不可欠の拠点である。この城を攻略した時点で、元親は四国統一の野望を本気で考えるようになった。

今日の評議は重要で、おそらく長宗我部の命運を決めることになる。重要な城の重要な場で語り合うことは、ある意味、当然であった。

元親は、家臣を見回した。

すでに日は暮れていて、広間には灯《あか》りが灯《とも》されている。弱い輝きに照らし出される武将の顔は、真剣そのものであった。

「羽柴筑前の件、確かめた」

元親はおもむろに切り出した。

「返り忠は本物だ。すでに先鋒が国境を越えて摂津に入っている。筑前の本陣も、間もなく姫路を離れるとのことだ。総力をあげて、信長と戦うつもりらしい」

「驚きましたな。まさか、本気とは」

桑名弥次兵衛吉成《くわなやじべえよしなり》が応じた。表情は渋い。

吉成は父の代から元親に仕《つか》えており、土佐統一戦の時代から最前線に留まって戦った。仲村城《なかむらじょう》の城代をまかせたのは、これまでの働きに報いたいと思ったからだ。

調略の才も持ち合わせ、讃岐進出では多くの国衆を説得して、味方につけた。伊予《いよ》の宇都宮《うつのみや》家ともつながりがあり、河野《こうの》家を攻める時には何度となく現地に赴《おもむ》いて手筈《てはず》を整えた。

三〇を過ぎたばかりだが、もはや長宗我部の重鎮である。

「返り忠というだけでも驚きなのに、まさかそのまま打って出るとは。無茶が過ぎます」

「勝てると踏んでのことだろう。実際、信長が偽《にせ》物《もの》であるならば、大義名分は立つ。彼に従う者も多いであろう」

谷忠兵衛忠澄《たにちゅうべえただずみ》は横目で、吉成を見た。

声は低く、肩幅の広い身体もあって、その発言は重く響く。

忠澄も長く元親に仕える家臣で、土佐のみならず、阿波や讃岐、さらに畿内の武将と深いつながりを持ち、元親の覇業を外交の面から支えていた。

視野が広く、物事を冷静に見る力がある一方で、勝負所で思い切った判断を下すところがあって、元親は重用していた。

讃岐や阿波の国衆が揺れている今、彼の意見は貴重である。

「今のところ、筑前の思ったとおりに事は進んでいます」

忠澄は、元親の前に座ったまま低い声で語った。

「織田信孝、丹羽長秀、中川清秀、高山右近が味方につき、若狭《わかさ》や河内の勢力もそれに歩み寄る気配を見せております。紀伊の雑賀衆《さいかしゅう》も筑前に接近しているようで、このままですと、京から西の織田勢はすべて筑前に味方しそうな勢いです」

「東国も変わらぬかと。美濃や尾張の一門衆が妙な動きを見せているようで、信長が声をかけても、何ら動きを見せていません。柴田勝家の兵はかなり動いていますが、これも信長に合流するためなのかどうか。はっきりしたことはわかりません」

親泰の話を聞いて反応したのは、信親だった。

「叛旗《はんき》を翻《ひるがえ》すのか」

「それは何とも。遠方ですので、細かなことは」

「口惜しい。畿内に兵を出せていたら……」

「無理を言うな。鳴門《なると》の海を渡っていたら、それこそ織田とやりあっていたぞ」

いきりたつ信親を、元康がたしなめた。

「だが、こうなると織田に気を使っていたことが馬鹿馬鹿しく思えています。まさか、信長が偽物であったとは」

「決まったわけではない。うかつなことは申すな」

元親が叱責《しっせき》すると、信親は黙った。しかし、歪《ゆが》んだ口元が不満の念を強く現している。

「ですが、筑前があそこまで言うからには、それなりの拠《よ》り所《どころ》があってのことでしょう」

吉成が元親を見やった。

「織田の家臣が歩調を合わせているのも、思うところがあったからこそ。あながち間違いではないと思いますぞ」

「おぬしは、どう思う。弥七郎《やしちろう》」

元親は、親泰をあえて昔の通称で呼んだ。大事な時ほど、彼はこのように呼びかける。

「おぬしは、信長と会って話をした。どのように見たか」

「それは、兄上も同じでは。先だって一宮城《いちのみやじょう》で顔をあわせているではありませんか」

「まずは、おぬしの見立てを聞きたい」

親泰は、勝端城の陥落前に言葉を交わしている。長宗我部の重臣で信長と会ったのは彼が最初であり、その時の印象は大事にしたかった。

「そうですな。見たところ、おかしなところはありませんでした。ふるまいは堂々としており、受け答えもしっかりしていました。さすがと思わせるところも多く見受けられましたが……」

「どうした？」

「引っ掛かるところがあったのも、確かです。武家故実をわかっていないというか、ごく当たり前の儀礼ができていないところがございました。手前と会った時にも、挨拶の手順でおかしなところがあり、戸惑ってしまいました。小姓が声をかけても、それのどこがおかしいのか、わかっていないようでした」

元親はうなった。それは異様だ。

「京の騒乱で負傷して以来、具合の悪いことが多いとは聞かされていました。明智の家臣からも、ふるまいがおかしくなることもあるので、気にしないようにと言われていたのですが、今、考えると不自然でした」

「なるほどな」

「さらに、言わせていただければ、信長のふるまいが、あまりにもそれらしくて奇異に見えました。決まった信長の型があって、それにはめて動いているような感じで」

「それこそ偽物の証《あか》しではないのか。無理してふるまうから、そういうことになる」

信親の言葉に、親泰は首を振った。

「そうとも言えませぬ。負傷のせいで、無理をしているから、そのように見えることもありえます」

「それは強弁であろう」

「承知しています。ですが、そのように見えるのもまた確か」

親泰は改めて元親を見つめた。

「不審な点は多々、ございます。ですが、それを補って余りあるのが、あの覇気。驚くほどの強さで圧倒されました」

親泰の言葉は、重かった。それだけ信長の熱気を強く感じていたのだろう。

「少なくとも、信長は我らとともに四国を平らげ、その上で毛利を倒し、九州へ出向くつもりでおります。すでに大友《おおとも》と話をつけ、共同で毛利を攻めたてる策も立てているようで、讃岐、伊予の戦が終わり次第、我らにも手を貸して欲しいと申していました」

「それは聞いた。本気であったな」

元親が信長と会ったのは、秀吉謀叛《むほん》の知らせが入った直後だった。京に戻る信長に阿波の土佐泊《どまり》で追いついて、わずかだが、話をする機会を持った。

「羽柴筑前は何とかするから、儂《わし》には四国をまとめあげて欲しいと語った。それが日の本をまとめあげるために大事であるからと」

大友を助け、島津、龍造寺《りゅうぞうじ》を叩く策は具体的で、いつでも実現できるように感じられた。

信長は、九州の勢力について造詣が深く、元親の知らない内紛や境目の争いについて知っていた。

「蒲池鎮漣《かまちしげなみ》に対するだまし討ちについても、詳しく経緯《いきさつ》をつかんでいた。その後、国衆が動揺したこともな。すでに筑後《ちくご》の田尻家《たじりけ》とは、その件で話をしていたようだ」

「何と」

驚いたのは忠澄である。口を開いて、元親を見ていた。

「そんなことが……」

「毛利の切り崩しにもかかっていて、出雲や石見《いわみ》の情勢を細かく語ってくれた。あれが偽物にできるとは、とうてい思えん」

全国統一への情熱は、紛《まぎ》れもなく本物だった。秀吉の返り忠さえなければ、今頃は毛利と雌雄を決していたはずだ。

「似た背格好の者を連れてくれば、偽物を仕立てることはできよう。影の者がいたならば、なおさらだ。だが、余人があそこまで日の本をまとめあげることに情熱をかけることができるのか。いささかむずかしいと思う。なにせ、あの信長は全国を統一した先のことも考えるぐらいだからな」

わずかであるが、統一後の構想についても、信長は元親に語っていた。それは壮大で、とうてい凡人に思いつくものではなかった。

「最後までやりきる。それだけの力は持っている」

「では、本物であると」

信親の問いに、元親はうなずいてみせた。

「そのように見えた。少なくとも儂には」

「でしたら、なぜ、家臣にその旨を示さないでしょうか。堂々と出てきて、家臣と会って話をすれば、偽物であることは払拭《ふっしょく》できましょう」

信親は勢い込んで語ったが、それに反応する者はいなかった。

忠澄は天井を見あげ、吉成はうつむき、親泰も腕を組んだまま動かなかった。

その点が最大の問題だった。

本物であるならば堂々と家臣の前に姿を現して、間違いであるといえばよいのに、今の信長は京に引っ込んだまま姿を現そうとしない。

何の反論もしなければ、偽物であることを認めるに等しい。だから、状況は悪化している。

「何か意図があるのか、それとも、本当に偽物で申し述べることがないのか」

「何にせよ、動かなすぎだ。申し開きがなければ疑われるだけ。織田の諸将が動かぬのも当然だ」

吉成と忠澄が交互に語る。

「朝廷も疑っているだろう。この隙《すき》を筑前が見逃すとは思えぬ」

忠澄の意見には、元親も同意する。おそらくすでに手を打っているはずで、放っておけば朝廷も敵に回るだろう。

「どうなさいますか。兄上」

親泰に問われて、元親は間を置いた。

あの信長が偽物であれば、行動を共にする意味はない。即座に手を切って四国をまとめあげることに全力を投入する。

本物であれば、これまでと同じく協調して、伊予から備後、安芸を攻めたてて、毛利の脇腹を突けばいい。それで勝てる。

口を開いたのは、大広間の緊張が異様に高まった時だった。

「今は、信長と共に動く」

元親は語尾が震えないように、気をつかわねばならなかった。

「織田勢の一部は阿波に残っており、つつくのはうまくない。我らと織田勢が戦っても、何の得にもならない。ようやくここまで来たのだから、うまく生かしたい」

　天正一〇年一〇月からはじまった一連の戦いで、元親は阿波の大半を支配下に入れていた。

　勝端城を落としたのは織田勢だったが、その西側の城はおおむね長宗我部勢が制圧し、阿波の要衝を握ることに成功した。

　讃岐でも香川親和《ちかかず》の手勢が東に展開して、三好義堅《よしかた》の居城、十河城《そごうじょう》に迫っていた。

　さらには、伊予にも進出して、久武内蔵助親直《ひさたけくらのすけちかなお》が、仏殿城《ぶつでんじょう》を攻撃する手筈を整えている。

　織田との協調で、悲願の四国統一が現実のものになろうとしているところで、方針を変えるのはうまくない。

「毛利も羽柴筑前を助けるであろうから、讃岐や伊予に進出してくるゆとりはあるまい。その間に、切り取れるだけ切り取って、万が一のことがあった時に備える」

「両にらみですか」

「そうだ。どちらにもつけるようにしておく」

　親泰は目を細めて、元親を見た。

　信長に肩入れしていることを危ういと思っているのだろう。

　元親は自分が信長に対して、憧れに近い感情を抱いている。そのことに対する自覚は十分にある。

　尾張統一後、美濃から畿内へ進出した姿は、そのまま今の自分とも重なる。

　信長を見ていたからこそ、元親は土佐のみならず、四国を統一し、さらにその先に進む展望を描くことができたわけで、偉大な戦国武将として、憧憬《どうけい》の思いを抱かずにはいられない。

一時、堕落して、日の本統一から興味を失ったという話も聞いていたが、直《じか》に顔をあわせて、話をしたところで、疑念は払拭された。

その統一構想は壮大であり、元親の想像をはるかに超えていた。

あれこそが信長である。

追いかけるに値する姿が、そこにはある。

夢が輝く瞬間を見てしまった以上、たやすく手を切る気にはなれなかった。

もし、元親が離れるとすれば、信長が全国統一の夢をあきらめた時で、偽物であれば、必ずどこかでつまずくと見ていた。

「まずは、阿波を固めていく。一宮はどうだ」

「今のところ、我らに味方しています。ただ、あそこは家中に問題をかかえておりますので、どうなるか。筑前はもちろん、毛利の小早川あたりもそこは見逃さないかと」

一宮長門守成祐《なりすけ》は、阿波一宮城の城主であり、先月、勝端城をめぐる戦いでは、最後の瞬間に織田に兵を繰りだして、勝利を決定づける働きを見せた。

その後は共に讃岐を攻めるはずだったが、信長が畿内に戻ると、一宮城にこもって様子見に徹している。

かつては雑賀衆や本願寺から退去した浪人と手を組んで勝端城を落としたほどの人物であり、その野心を軽視するわけにはいかなかった。

「味方につけておきたい。忠兵衛、おぬしにまかせてよいか」

「御意《ぎょい》」

「よろしく頼む」

そこで元親は信親に顔を向けた。

「弥三郎、おぬしは忠兵衛についていって、そのやりようを学んでこい。力押しでどうにかなると思ったら、大間違いだぞ」

　信親は武に頼るところが多く、それでもめ事を起こすこともある。今後、長宗我部の版図が広がれば、他国の将と交渉を持つ機会も増えるはずなので、今のうちに君主としての器量を磨いてもらいたいところだ。

　信親は顔を歪めたが、何も言わず、素直に頭を下げた。

「よし。あとは讃岐であるが……」

　元親は三好義堅とその味方の動向について語った。

　畿内の趨勢《すうせい》が固まる前に、阿波、讃岐を完全に抑えておきたい。それが今の自分のやるべき仕事と元親は確信していた。

四

一一月二五日　豊後津久見《ぶんごつくみ》

　大友宗麟《そうりん》は、口を開いたが、間を置かずに閉ざし、浮かんだ言葉を心の奥底にしまい込んだ。ここで表に出しても仕方ない。

　余計なことを言い出さなければよいがと思っていたが、期待に反して、宗麟の前に座っていた人物は笑って話を切り出した。

「どうなさいました。途中で話をやめるとは。何か手前にご不満でも」

「そういうわけではない」

「でしたら、最後まで言っていただきたいですな。この一萬田美濃《いちまたみの》、殿の話ならば、どんなことでも聞きますぞ」

「やめよ。単に気が向かなかっただけだ」

「それだけとは思えませぬが。大方、ご子息の愚痴を漏らしかけて、きわどいところでやめたというところでございましょう。最近、よい噂を聞いておりませぬからな」

宗麟は露骨に顔をしかめた。

長い付き合いなので、互いの考えていることは嫌でもわかってしまう。察して無視することもできるのに、あえて踏みこんでくるあたりに嫌らしさが感じられる。

一萬田美濃守鑑実《あきざね》は、豊後鳥屋城《とりやじょう》に拠点を持つ武将で、最初は宗麟の父である大友義鑑《よしあき》に仕《つか》え、その死後、宗麟の家臣となった。

鑑実の父は、義鑑から偏諱《へんき》を賜《たまわ》るほどの人物であったが、叛意《ほんい》を露《あら》わにして誅殺《ちゅうさつ》された。微妙な立場に立たされた鑑実であったが、宗麟に対する忠義はゆるがず、最前線で戦いつづけ、天文《てんぶん》一九年には菊池《きくち》家《け》討伐で功をあげた。

その後は秋月《あきづき》家の討伐、高橋鑑種《たかはしあきたね》との戦いでも活躍し、その名は大友家中のみならず、九州全土に知られるようになった。

先月、岩屋城《いわやじょう》をめぐって、龍造寺と戦った時も、鍋島直茂《なべしまなおしげ》の攻勢を受け止めて、最後まで突破を許さなかった。

文武に優れた将であり、家中の評価は高い。性格的にはむずかしいところがあったが、側近として重用できるだけの資質は持っていた。

宗麟が視線を送ると、鑑実は正面から、それを受け止めた。

そこには、たとえ主君であっても怯《ひる》むことなく対応していくという姿勢が見てとれる。頼りになるが、このような時は煩《わずら》わしさも感じる。

宗麟は視線をそらした。

「まあ、そうだ」

話を切り出したのは、ごまかすのが面倒だと感じたからだった。

「左兵衛《さへえ》は、ここのところ、儂《わし》に黙って書状を出したり、兵を動かしたりしている。所領の安堵もはじめていて、煩わしいことこの上ない」

「止めるように言っても聞かぬと」

「ああ。さすがに面倒になるな」

左兵衛とは、宗麟の息子である大友左兵衛督義統《さひょうえのとくよしむね》である。早くに宗麟が隠居したので、十代で家督を継いで、大友家をまとめる立場についた。

もっとも、しばらくは実権は宗麟が握っていて、義統は彼の指示に従っていたのであるが。

短気で、衝動的に動くところがあって、家臣を相手にもめ事を起こすことも多かった。酒を飲むと、それが特にひどくなり、太刀を抜いて、小姓を追いかけ回したこともあった。

それでも、最近は知恵がついてきたのか、実権を握るべく画策しているようで、家臣を勝手に動かして、他国との交渉を勝手におこなっていた。

宗麟は忌《い》ま忌ましく思っており、機会を見計らって文句をつけるつもりだった。

「やむを得ぬでしょう。家督をついで、すでに六年。そろそろ物事も見えてきます。苦境がつづく今だからこそ、何か変えたいと思って、手を尽くすのはやむを得ないことかと」

「それが危ういと、なぜわからぬのか。うかつに動けば、付けいる隙《すき》を与えることになる。九州の趨勢《すうせい》、どうなるかわかったものではない」

時代の流れは加速しており、それに乗り遅れれば、大友家といえども、かつての少弐家《しょうにけ》や菊池家と同じく滅びる。その危機感は宗麟にもある。

小勢力が濫立した九州であったが、天正一〇年の現在、豊後の大友、肥前《ひぜん》の龍造寺、薩摩の島津の三勢力が相争う時代を迎えていた。

大友は名家で、戦国の初期から北九州で支配的な地位にあり、長門の大内家《おおうちけ》と激しく戦う一方で、肥前の名家、筑前の秋月家や筑後の菊池家と激しく戦っている。

宗麟の時代には、豊前《ぶぜん》、豊後、筑前のほとんどを制し、筑後にも積極的に進出していた。

さらなる勢力拡大を目指して、宗麟は動いたが、それに歯止めをかけたのが龍造寺と島津だった。

龍造寺は、元々、少弐家の家臣であったが、主家の没落にあわせて台頭し、龍造寺隆信《たかのぶ》の代になってから、勢力を拡大し、肥前の統一を成し遂げた。現在は筑後から肥後《ひご》の北に進出して、宗麟と激しく戦っている。

岩屋城をめぐる戦いはその一環であり、一〇日にわたって攻めつづけて、味方を敗北寸前にまで追い込んだ。

隆信はその体軀《たいく》から肥前の熊と呼ばれており、情け容赦のないふるまいに恐れを抱く者も多い。

一方の島津は、内紛を収めて、薩摩、大隅《おおすみ》を統一すると、日向へ積極的に進出するようになった。五年前には耳川《みみかわ》の戦いで宗麟を破り、日向半国を掌中《しょうちゅう》に収めた。

その後も何度となく大友の領土に進出し、小競《こぜ》り合いを繰り返している。

その勢いは本物で、大友だけで迎え撃つのはむずかしいのが現状である。

九州の鼎立《ていりつ》は、激しく揺れ動いており、その行く先は見えにくい。

「だからこそ慎重にやらねばならぬ」

宗麟は顔を歪《ゆが》めた。

「なのに、あの馬鹿は無茶をする。織田のみならず、長宗我部にも声をかけるとは。この先、どうなるかわかったものではないだろうに」

義統は長宗我部元親と書状をやりとりしていた。取次を通じて、深い話をしており、共同で毛利を攻撃する策も考えているようだった。

「長宗我部は四国を統一したわけではない。小物と手を組んでどうするのか」

「伊予征伐に手を貸せと言われかねませんな」

「そうなれば、毛利と本格的にやりあうことになる。それは、あまりにもうまくない」

顔をしかめて、宗麟は横を向いた。

半分だけ開いた障子の先には、灰色の山々が広がっている。

今日は風が弱いこともあり、寒さはさして気にならない。

宗麟は家督を譲った後も、しばらくは本拠の臼《うす》杵城《きじょう》にこもっていたが、今年の七月から津久見に建てた隠居所に移っていた。

動くつもりはなかったのだが、京の騒乱で畿内が大きく揺れ、それにあわせて毛利が備前、伯耆で活動するようになると、その対応をめぐって、家中で争論が発生した。

隙を突いて周防《すおう》、長門を攻めるべしと言う者もいれば、背後からの攻撃がないうちに龍造寺を攻めるべきという声もあがった。島津を叩くために、毛利と手を組んではどうかと語る者も出てくる有様で、嫌気がさした宗麟は臼杵を離れ、南の津久見に移動したのである。

津久見はよいところで、落ち着いて物事を考えるのには向いていた。人が少ないのも、かえって心地よかった。

おかげで、宗麟は状況を俯瞰《ふかん》できたが、臼杵から離れてしまったため、義統の統御がむずかしくなってしまった。そこが今の悩み所である。

鑑実もそのあたりは承知しており、今日、顔を見せたのも義統の動向を伝えるためだった。

彼らが顔をあわせているのは、隠居所の奥に用意されている書院であり、宗麟は框《かまち》に腰を下ろして鑑実を見おろしている。

宗麟は座り直した。

「では、聞こうか。あやつがどうするつもりなのか」

「まずは、毛利を叩くと。門司《もじ》から叩き出して、豊前を掌中に収めるつもりでおります」

「織田とはどうするのか」

「以前と変わらず、手を取り合っていくと」

「馬鹿馬鹿しい。信長の件、知らぬのか」

「知っております。ですが、あまりにも荒唐無稽《こうとうむけい》で信じられぬ様子。偽物《にせもの》が織田を仕切っているなどありえぬとのこと」

「触れを出したのは、羽柴筑前だ。酔狂で、そのようなことはできぬ」

「では、殿は信じるのですか」

「偽物かどうかはわからぬが、信長に変事が起きていることは確か。京の騒乱以後、動きがあわただしく感じられる」

信長は、武田征伐の頃とは違って、落ち着きを失っており、ひどく攻撃的になっているように感じられた。備前、伯耆のみならず、阿波、讃岐、さらには伊予方面にも積極的に進出する姿には、焦《あせ》りが見てとれる。

　無理して攻勢に出ているように見えて、宗麟は違和感をおぼえていた。

「年を取れば、穏やかになるもの。武田征伐で自ら陣頭に立たなかったのも当然で、儂でもそうする。なのに、今回は海を渡っただけではなく、自ら差配を振るい、兵を鼓舞《こぶ》したと聞く。珍妙なことであろう」

「手前には、信長らしいふるまいのように思えますが」

「それは、かつての信長だ。年を取れば、人は変わる。それは儂が最もよくわかっている」

　当主として、長年、戦国の苛烈《かれつ》な世界で戦えばどうしても疲れは出る。頭がよく回らず、何を考えているのか自分でも把握できない。

　年を取ればなおさらで、どこかで気を抜く必要が出てくる。

　おそらく、信長もそのような時期に入っていた。だから、動きが鈍くなった。

「偽物かどうかはわからぬ。だが、ここで織田とかかわれば痛い目にあう。共に動くのは危うい」

「ですが、羽柴筑前は、島津と手を結ぶべく動いております。毛利と島津が組めば、我らは挟み撃ちになって、押しつぶされましょう。早々に動くべきと考えますが」

「今、毛利の関心は、畿内に向いている。羽柴筑前と行動を共にしている以上、海を渡って豊前に兵を回すゆとりはない」

　宗麟は言い切った。

「島津は、一〇月に入ってから龍造寺と対立しており、その目は日向ではなく、肥後に向いている。しばらくは放っておけばよい」

「戦って傷つくのを待つと」

「毛利も龍造寺も剛の者よ。やりあえば無傷ですまぬ。疲れたところをねらって叩けばいい」

激動の時代だからこそ、様子見に徹する。

沈黙こそ最大の利益をもたらす。

そのように宗麟が語り終えると、鑑実も沈黙した。書院に沈黙が降りる。

彼方から鷹《たか》の鳴き声が響く。

それは二度、三度とつづいて、やがて空気に吸い込まれるようにして消えていく。

風が吹き込んで、書院の空気は冷える。

それでも鑑実は何も言わなかった。視線をあわせず、静かに座っている。

鑑実が何を考えているのか、おおよそのところは見当がついたが、あえて宗麟は口に出して、真意を質《ただ》した。

「同意できぬか」

「殿、いいえ、御隠居がそのように考えるのでしたら、手前には何も言えませぬ」

「よく言う。それだけ顔に不服と書いておきながらな」

宗麟は笑った。

「毛利を攻めたいか」

「向こうが東に目を向けているなら、長門、周防をねらうのは悪くないかと」

「織田と手を組みつづけるのか。偽物であっても」

「真偽は不明であり、手を切るにはいささか早いと考えます。我らは、島津と毛利と龍造寺から攻めたてられており、苦境に立たされております。頼りになる味方は残しておきませんと」

「長宗我部は」

「まだ当てになりませぬ」

「だから、織田と手を組むのか」

「手前はそのように見ます」

「息子もそうなのか」

「そのあたりは何とも」

鑑実が曖昧《あいまい》に応じたのは、義統の立場を考えてのことであろう。露骨な批判は禍根《かこん》を残す。

血気にはやる義統のことであるから、先のことを考えていない。毛利を叩くのも織田との協調というよりは、目の前の利益に目がくらんでのことだ。

安易に家督を譲ったのは失敗であったか。

あの時は、もう少しキリシタンの布教にかかわりたいと考えていたので、身軽になるために隠居したのであるが、大友家をまかせるには若すぎたかもしれない。

「ですが、ここで、何もせずにいるのは、いささか危ういと感じます」

意外な発言に、宗麟は顔をしかめた。

「それは、おぬしの考えか」

「さようで」

「どういうことか」

「世の流れから距離を取れば、傷つくことはありませんが、一方で取り残されて、何もできぬまま終わることも考えられます。今は東国も西国も一つの塊《かたまり》となって、大きな渦《うず》を作り出しております。それを無視して、手を出さずにいれば、大友家は取り残されるかと」

鑑実は宗麟を見つめた。その目は強い輝きを放っている。

「殿のやり方は稚拙《ちせつ》ですが、それでも流れについていくという考えは悪くありませぬ。座って待っていても、活路は開けませんぞ」

「それは、そうであるが……」

そこで、宗麟の脳裏に閃《ひらめ》きが走る。

やけに、鑑実の言葉は力強くないか。昔から思い切った発言をする人物ではあったが、それにしても……。

「待て。おぬし、何か知っているのか」

「実は、堺《さかい》の松井《まつい》友閑《ゆうかん》から書状が届きました。東国の動静についてまとめてありまして、さすがに放ってはおけぬかと」

「そんな大事なものがありながら、なぜ、今まで出さなかった」

「殿が訊ねませんでしたから」

「そんなことを言っている場合ではなかろうが。早く出せ」

うながされて、鑑実は懐《ふところ》から書状を取りだすと、にじって前に出て、主《あるじ》の前に置いた。

宗麟は拾いあげると、すぐに開いて読む。


「こ、これは……」

「そういうことです。大きな合戦が東国で起きております」

「誠《まこと》のことなのか。これは」

「嘘を伝えるほど、友閑も暇ではないでしょう。東国の戦いは新たなる局面に突入しました」

「なんということだ」

「京の騒乱ですべては変わったのです。宗麟様」

はるかに遠い甲斐国《かいのくに》で、大きな戦いがはじまっている。

本来ならば、何千里も離れた場所での戦いが、九州に影響を与えるはずがない。

だが、宗麟は深い結びつきを感じた。

日の本は大きく動いており、東と西の出来事は密接にかかわっている。

目に見えない大きな渦巻きが日の本を覆ってお

り、いまや東国で起きた合戦も確実に宗麟とその周辺を巻き込んでいた。

第二章　揺れる日の本

一

一二月三日　甲斐国御坂城《みさかじよう》

喊声《かんせい》があがったところで、河尻《かわじり》肥前守秀隆《ひでたか》は局面が大きく変わったことを感じた。

降りそそいでいた弓矢はぴたりと止まり、銃声ですら彼方から響くだけとなる。

代わって、強烈な殺気が西の斜面から押し寄せてきた。

足軽の襲来だ。一団となって押し寄せてくる。

「来るぞ。敵を入れるな」

「お待ちくだされ、父上。無理なさいますな」

高い声に振り向くと、槍を持った若武者が駆けよってきた。

顔は幼く、身体は細身で、具足が大きく見える。真っ赤な頬も不安げな瞳も、合戦に向かう武者としては心許《こころもと》ない。見ていて不安になる。

息子の河尻与四郎秀長《よしろうひでなが》である。

「お引きくだされ」

「何を申すか、与四郎。ここで無理をせずに、どこで無理をする。いいか。北条勢は目の前に迫っているのだ」

秀隆は、西の斜面を槍で示した。

「敵は北条氏照《うじてる》の手勢。数はおよそ一〇〇〇。先手を取って、街道筋の陣地を打ち破ったところで、北の斜面を登って大きく迂回、この城の西に回り込んでいる。そこがどういうところか、おぬしにもわかっていよう」

「空掘の手入れができていない所です」

「そうよ。この城でもっとも手薄だ。一気に攻めてくるぞ」

「それはわかります。ですが……」

「いいや、わかっておらぬ」

秀隆は吠えた。

「この御坂城は曲輪《くるわ》が小さく、城の中で兵を動かすのがむずかしい。空掘を越えて、その合間から敵が城に踏みこんできたら、もう終わりだ。だからこそ、踏みとどまって戦わねばならぬのだ」

秀隆は息子をにらみつけた。

「口だけの馬鹿武者はいらぬ。そこで呆《ほう》けているがよい」


秀隆は歩いて、曲輪の突端に赴《おもむ》いた。

視線を落とすと、空掘をのぼる足軽の姿が見てとれた。数は五〇といったところか。

「射よ」

秀隆が手を振ると、矢が舞う。

三人、四人と倒れるが、別の足軽が死体を乗り越えて、斜面を登ってくる。いくら矢を射かけても追いつかない。

逆茂木《さかもぎ》を設置できなかったのが、まずかった。

北西斜面は敵の攻勢にさらされるとわかっていながら、人手不足で手を打つのが遅れてしまった。

手際の悪さに腹がたつ。

「城に入るのが遅すぎたわ」

秀隆はつぶやいた。

「甲府《こうふ》にこだわらなければ、このようなことにはならなかった」

打つ手がすべて後手に回ったことには、忸怩《じくじ》たる思いがある。もっとうまく対応できたのに、わずかな迷いから、事態を悪化させてしまった。

秀隆は、長きにわたって、信長の嫡男、織田信忠の補佐役を務め、武田征伐にあたっても、よく役目を果たした。その功に報いる形で、秀隆は甲斐国一国を賜《たまわ》り、織田家屈指の大名にのしあがったのである。

それが京の騒乱で大きく変わった。

光秀の乱入で、信長は行方不明。一時は死亡説もささやかれた。

思わぬ事態に織田勢は動揺し、その隙《すき》を突くようにして、甲斐国で武田の残党が一揆を起こした。そこには甲斐の農民も加わり、数はたちどころに五万を超えた。

秀隆の対応は遅れ、たちまち甲府から叩き出された。後退して態勢を立て直したものの、北条勢が滝川一益を打ち破って信濃に乱入しており、秀隆は彼らとの戦いも余儀なくされた。

ようやく信長の生死が判明し、改めて甲斐国を治めるように命じられたのは一〇月のことである。織田の残党をまとめあげ、徳川家康《とくがわいえやす》の力を借りて、一一月になって秀隆は一揆勢を撃破して、北上をはじめた。

一一月一〇日には御坂城に入ったが、その後は北条勢の攻撃にさらされて、苦しい状態がつづいている。

御坂城は、鎌倉往還《かまくらおうかん》の要衝《ようしょう》である御坂峠を扼《やく》する山城で、中央部を街道がつらぬく独特の構造になっている。

城は縦長で、最も低い中央部を南北に伸びる曲輪が見おろしている。城の側面には空掘が伸びていて、斜面をのぼる敵を押さえることができる。

城そのものは小さく、まとめて兵を留めておけるのは、街道の南に位置する本丸周辺だけだった。

秀隆が城に入った時には、陣屋は壊れていて、空掘も多くが埋まっていた。立てこもるにも、兵が休む場所すらなく、すべてを最初からやり直さねばならなかった。

いそぎ普請を進めたが、間に合わず、北条勢を相手に苦しい戦いがつづいている。

うまくいなかったのは物資が不足していたこともあったが、何より織田家をゆるがした途方もない知らせが影響していた。

「まさか、上様が偽物《にせもの》とは……」

羽柴秀吉の布告は、甲斐の織田勢に痛烈な一撃を与えた。

信長がしばらく身を隠し、復帰後もあまり将兵の前に出なかったことから、何かあったのではという噂は流れていた。

だが、偽物とは思いもよらなかった。

秀隆は信長の馬廻として長年、行動を共にし、信忠の配下に移ってからも、何かあれば顔をあわせて話をしていただけに、信長の心情を深く理解しているという自負があった。

近年の堕落も、長年の戦いで疲れていたことを考えれば、やむを得ないことと見ていた。

それが一〇月に顔をあわせた時には、別人のように溌剌《はつらつ》としており、日の本をまとめあげようという意志で満ちあふれていた。

背筋を伸ばした姿からは、淪落《りんらく》の空気はどこにもなかった。

おかしかった。それは、秀隆の知っている信長ではなかった。

いや、昔の信長に、かなり近いのであるが、今の信長がそのようになるとは考えられなかった。

試しに思い出話をしてみたが、まったく乗ってこず、秀隆が話をつづけようとしても、すぐに遮《さえぎ》り、東国の戦況について語ろうとした。

かみ合わないふるまいが引っ掛かっていたが、秀吉の発言が正しければ、理解できる。まったくの別人ならば、話があわないのも当然だ。

ただ、その一方で、秀隆の前で堂々とふるまった信長が偽物というのも、にわかには信じられなかった。

信長は、情勢を正しく分析しており、その動向についても驚くほど詳しく知っていた。

北条一族の略歴を細かく説明し、対応を指示するふるまいには、まったく迷いがなかった。

秀隆にとって、信長は常に前線に立ち、自らの手で未来を切り開いていく人物だった。雄敵相手でも怯《ひる》まず、常に敵陣に踏みこんで戦い、難敵を叩きのめしてきた。

馬上で猛々《たけだけ》しくふるまう姿を見るたびに、秀隆の胸は高鳴った。

東国奪還を命じた時の信長は、彼が憧れたその姿であった。

それを偽物と言われて、秀隆は迷った。おかげで、すべてが後手に回り、将兵が逃散するのを防げなかったのである。そればかりか……。

たてつづけに鉄砲が放たれ、周囲を火薬の匂いが包みこむ。

北条勢は怯むことなく、前進をつづける。その数は一〇〇〇を超えていた。

「これでは、抜かれるぞ」

秀隆が顔を歪《ゆが》めた時、傍《かたわ》らに秀長が駆けよってきた。

「父上、大変です。森様が門を開けて、打って出ました。北条勢を追い払うと申して」

「何だと」

秀隆が視線を転じると、街道に近い門が開いていて、将兵が飛び出していた
旗印は、森乱丸成利のものだ。

「勝手をするなと、あれほど申しつけたのに」

不利な状況で、無理に兵を動かせば、最悪の事態につながる。それがわからぬほど馬鹿ではなかろうに。

「もう少し周りのことを考えられぬのか」

「父上……」

「助けに回る。ここは、まかせる。敵を入れるな」

「御意《ぎょい》」

秀隆は最低限の兵を引き連れて、城門に向かった。果たして間に合うか。

二

一二月三日　御坂城

「行け。ここが攻めどころよ。田舎侍など、蹴散らしてやれ」

森乱丸成利は槍を振りあげて、味方を鼓舞《こぶ》した。

御坂城を攻めているのは、たった五〇〇〇だ。

味方は二〇〇〇と数では劣っているが、いずれも信長配下の精鋭である。つまらぬ東国の武士に負けるはずがなく、積極的に打って出れば、勝てる。

敵を追い払えば、即座に城を離れて、京に戻る。

偽の信長を名乗る無礼者を討ち果たして、本来あるべき姿に織田家を戻す。

それこそ自分のやるべき事と成利は信じていた。

信長が変わったことなど、絶対に認めない。

「行くぞ」

成利が馬を前に出すと、味方がそれに従う。

狭い街道沿いに軍勢が激突し、声があがる。

右手方向から足軽が槍を突き出してきたので、成利は軽く払いのけ、馬上から槍を振りおろす。

強烈な一撃が陣笠を叩いて、足軽は血をまき散らしながら、山間の大地に倒れる。

「こんな雑魚《ざこ》にかまっていられるか。北条陸奥はどこにいるのか」

「おう。そこにいるのは、信長の腰巾着《こしぎんちゃく》ではないか。森乱とか申したか」

「なんだと」

成利が顔を向けると、黒の打ち出し胴に、茶の兜《かぶと》といういでたちの武者が馬を寄せてくるところだった。

面当《つらあ》てをしているので表情はよくわからないが、瞳からあふれる殺気は嫌でも感じる。

長い槍を手に馬を自由自在に操る様子から合戦に慣れていることがわかる。

「儂《わし》は北条陸奥守様家中、中山勘解由左衛門家範《なかやまかげゆざえもんいえのり》。ようやく織田勢が城から出て来て、おもしろいことになったと思ったら、おぬしのような雑魚が相手とは。残念なこと、この上ない」

「無礼な。その言い様は何だ」

「そうであろう。おぬしが所領を得たのは、戦《いくさ》で功をなしたからではなく、その身体を開いて、主君をたぶらかしたからではないか。そんな惰弱な将を相手にしてどうするか」

家範の嘲笑《ちょうしょう》を見て、頭に血がのぼった。

何を言うのか。我らのつながりがどのようなものか、まったくわからぬくせに。

冒瀆《ぼうとく》もよいところだ。

「参る」

成利は馬を駆って、家範に迫る。

強烈な突きを放つも、たやすくはねのけられてしまう。

「どうした。口だけか」

「ほざけ」

成利が槍を繰りだすと、家範は右にかわし、その勢いのまま距離を詰めてきた。

強烈な一撃が上から来て、かろうじて成利はかわす。

ついで、前からの突きが来て、退いて避ける。

しかし、完全にはかわしきれず、右の袖が切り裂かれる。

成利は後退して態勢を立て直す。


思いのほか強い。

中山家範の名は、成利も聞いていた。氏照の配下の勇将で、上杉や里見《さとみ》との戦いで活躍した。京の騒乱を受けて、北条勢が信濃に乱入すると、迎え撃った滝川儀太夫《ぎだゆう》の手勢をたやすく打ち破ったという。

甲斐でも遠山利景《とおやまとしかげ》の手勢と戦い、勝利している。

勇名は織田勢にも届いており、戦うのを怖れる足軽も多かった。

直《じか》に手を合わせてみて、噂が事実であることはわかった。田舎侍と侮《あなど》ることはできない。

それでも、成利は退《ひ》くわけにはいかない。

いつまでも、こんな甲斐の田舎に留まっているわけにはいかなかった。

急ぎ京に戻り、偽の信長を討ち、本物がどこにいるのか確かめねばならない。

真の信長が死ぬわけがない。

どこかに捕らえられているはずで、それを助けるのが自分の役目と成利は思い込んでいた。

「どけ。私の邪魔をするな」

成利は正面から家範に挑み、槍を繰りだす。

渾身《こんしん》の一撃は敵の穂先に払いのけられて、また届かない。

第二撃、第三撃も同じように遮《さえぎ》られてしまう。

逆に、家範の放つ突きが兜をかすめて、成利は危うく馬から落ちそうになる。

足に力を入れて手綱《たづな》を退くと、馬がいななないて激しく首を振る。

「無茶をするから、そうなる。もっと馬を労《いたわ》れ」

「何を言うか」

「焦《あせ》りがこちらにも伝わってくるわ。ふん。所詮《しょせん》、偽物に仕《つか》えるような愚者。本物との違いもわからぬようでは、まともな武将とは言えぬな」

「ふざけるな。私に文句をつけるな」

偽物であることは、最初からわかっていた。

今年の九月、安土で顔をあわせた時、信長は明らかにおかしかった。

これまでのやさしさは消え、成利を見る目は異様に厳しかった。言葉もきつく、発言を咎《とが》められることも多かった。

二人だけで顔をあわせる機会を求めても断られ、ろくに話をする間もなく、甲斐の地に送り込まれたのである。

あれが、信長であるはずがない。

本物なら、彼の話をやさしく受け止め、肩を抱きしめてくれるはずだった。

酒を共に飲み、弟の坊丸や力丸とともに、月を見ながらいつまでも語り合う。それが信長である。

つながりの深さには自負があった。

側近として厳しくふるまったのも、それが望まれていたからだ。信長は世俗にまみれた政《まつりごと》の世界から離れたがっており、つまらぬ交渉は成利を含めた側近にまかせていた。

疲れた信長を守るために、成利は壁となって家臣に下知を出し、織田家を切り盛りしていた。

そのことを信長は十分に理解し、感謝していた。あの安土での濃厚な時を取り戻す。そのために、成利は生きている。

こんな甲斐の山奥に留まっていることには、耐えられなかった。

「どけ、私は帰るのだ」

最も幸せだったあの頃へ。

成利はひたすら前に出て、家範を攻めたてた。

穂先は彼の身体に迫るも、わずかなところで届かない。あと少しという思いが、成利を前のめりにしていた。

「お戻りくだされ、森様。そこはいけませぬ」

「何だと」

足軽の声に周囲を見回すと、北条勢の武者が街道の下にあった雑木林から姿を現して、彼を取り囲んでいた。

殺気が狭い谷間に広がる。

「愚かなり、森乱。誘われているとも知らずに、飛び出してくるとは。猪《いのしし》武者とは、おぬしのような者を言う」

家範が笑う。

「そら、褒美をくれてやるぞ」

強烈な槍の一撃が迫る。

再び右の袖を切り裂かれて、成利は下がった。

しかし、その先に待っていたのも北条の武者であった。

三

一二月三日　御坂城

北の城門を開けて、本多平八郎忠勝《ほんだへいはちろうただかつ》が街道に飛び出した時、森成利は完全に囲まれていた。

突出した主君を助けるために、二〇騎がその後を追っていたが、中山家範の兵がそれを巧みに城から切り離して取り囲み、攻めたてていた。

逃げ場を失って、成利の配下は次々と討ち取られている。

「殿、あのままでは森勢が」

茶の具足を身につけた武将が声をかけてきた。

面当《つらあ》てはつけていないので、伸び放題の顎髭《あごひげ》が視界に飛び込んでくる。

表情は厳しい。長年、合戦の場にいるだけに、どのような情勢であるのか、一目で把握できるのだろう。

梶《かじ》次郎兵衛正道《じろうびょうえまさみち》である。家康の使番《つかいばん》を勤めていたが、後に忠勝の与力となり、長篠《ながしの》の合戦や駿河《するが》攻めで活躍した。

京の騒乱以後、忠勝の家臣となり、御坂城に共に進出している。

武勇に長《た》け、先手を取って、敵陣を食い破る能力を持つ。それでいて気性はさっぱりしていて、話をしていて気持ちのよい男だった。

信頼できる武将からの言葉に、忠勝は表情を変えずに応じた。

「わかっている。遠からず討ち取られよう」

「どうしますか。助けますか」

「正直なところ、放っておきたい」

森成利には、何度となく嫌な目にあわされた。御坂城にこもって以来、無茶な積極策を示して徳川勢と衝突し、それを説得するのに、忠勝は途方もない労力を使わされていた。

成利はすぐに甲府に進出して、北条勢を駆逐したいと考えていたが、それだけの兵がそろっていないことは明らかだった。織田勢はわずかに二〇〇〇、徳川の兵をあわせても六〇〇〇に過ぎない。

それに対して北条勢は、関八州の精鋭に加えて、甲斐の一揆衆も味方につけている。まともに戦って勝てる相手ではない。

忠勝は籠城に徹するべきと繰り返したが、成利が聞き入れることはなかった。そればかりか、徳川は甲斐に野心を持っており、北条と手を組んで、織田を壊滅に追いやるつもりであると罵倒した。

成利は、以前から徳川勢を下に見ており、主《あるじ》の家康に対しても無礼な態度を取っていた。京の騒乱が起きる前には、上座に座って家康を迎えるという、信じられないようなふるまいをした。

家中から成利を斬るべしという声があがるのも当然であり、忠勝はそれを懸命に食い止めたが、実のところ、彼らよりも先に忠勝自身が成利を斬りつけそうで、その衝動を抑えるため、相当に無理をしなければならなかった。

今回、御坂城の支援を家康から命じられた時、忠勝は断った。成利と同じ城で戦働《いくさばたら》きができるとは思わなかったからだ。

「儂《わし》もそうだ。あやつと共に戦うぐらいならば、甲府に飛び出して、北条陸奥と一戦、交えたいところだ。たとえ勝ち目がなくともな」

家康は渋い表情で語った。

「それでも、やってもらわねばならん。御坂城を失えば、甲斐の全域が北条の制圧下に入る。それは織田の不興を買うはずで、後々、大きな問題となろう」

面倒なことだから、おぬしに頼むのだと主君から諭《さと》されてしまえば、拒絶はできなかった。

一一月二五日に、忠勝は御坂城に入ったが、不満はたまる一方だった。

「正直、陣払いして、駿河に戻りたいところよ」

「かまいませぬぞ。言い訳はいくらでもできましょう。殿も納得してくれるはず」

正道の言葉に、忠勝は苦い笑みで応じた。

「それができれば苦労はせぬ。仕方がないから、助けておこう」

「背中はおまかせあれ。北条勢など返り討ちにしてみせましょう」


「頼む」

忠勝は馬の腹を蹴り、数少ない共の者を率いて、戦場に向かう。

声を張りあげたのは、北条勢が目前に迫った時だった。

「命が惜しくば、退《ひ》け！　この本多平八郎、相手が誰であろうと容赦はせぬぞ」

敵の軍勢が大きく揺れた。

忠勝の声には、それだけの迫力があった。

「行かせるか」

赤い具足の武者が槍を片手に迫ってきた。

動きから見て、年齢は若そうだ。駆け引きも何もなく、正面から忠勝を迎え撃つつもりでいる。

その心意気はよし。

だが、それに耐えるほどの腕前か。

「我は……」

「遅いわ」

相手が名乗るより早く、忠勝は間合いを詰めて、槍を振りおろした。

若武者は槍をかざして受け止めたが、衝撃に耐えられず、馬上でよろめいた。

忠勝は若武者に馬を寄せると、その喉に強烈な一撃を放つ。

喉当てはたちまち打ち砕かれ、若武者の身体は馬から落ちた。

骨の砕ける音がしたが、悲鳴もあがらない。

忠勝はそのまま敵陣に飛び込み、たてつづけに二人の武者をなぎ倒した。

一人は兜《かぶと》を叩いて、気を失いかけたところで首筋を切り裂き、もう一人は馬をぶつけて相手が落ちたところを上から串刺しにした。

一瞬の出来事に北条勢は下がった。成利がいたのは、その先の平地である。

「森殿、お下がりくだされ。ここにいては無駄死にですぞ」

「本多平八か。今頃になって……」

「河尻肥前殿の話を聞いておられなかったのか。うかつに城を出るなという下知だったはず」

「何を言うか。早々に北条勢を打ち倒して、甲斐を取り戻す。いつまでも、このようなところに留まってはおれんのだ」

「今の我らに北条勢を打ち破ることはできませぬ。お下がりくだされ」

「放っておけ。我は行く」

「そうしたいのは山々でございますが、森殿が無駄死にしますと、手前が殿に叱られるのでございますよ。織田の上様ににらまれるのは避けたいですな」

「何を言うか」

成利は目を吊りあげた。

「あれは、偽物《にせもの》だ。上様を名乗る無礼者の話など、聞くことはない」

顔は真っ赤で、口元は細かく震えていた。怒りか、あるいは妄執《もうしつ》か。どちらにせよ、まともではない。

それほどまでに、成利と信長の関係は歪《ゆが》んでいたのか。こだわりを捨てきれぬ様子は、異様ですらある。

忠勝の心は冷えた。

いったい信長とは何者だったのか。

恐るべき覇者のように感じていたが、もしやすると、自分の好きなようにふるまい、好きなことだけをしてきた我《わ》が儘《まま》な子どもだったのではあるまいか。

堂々とふるまってきたのも見栄を張っていただけで、本音では好き放題にふるまって、褒められたいと願っていただけではないのか。

成利は信長の心に入り込み、寵愛《ちょうあい》を得た。それは、信長自身にお世辞と賞賛を望む、ある種の甘えがあったからではないか。

男同士が甘え合う姿は不気味である。少なくとも忠勝は好まない。

「帰りますぞ。森殿が何と言われましても」

「何を……」

「しからば御免」

忠勝は成利に馬をぶつけた。

馬上で相手がよろけたところで、その腰をつかんで、肩に担ぎあげる。

「放せ。何をするか」

「しばらくの辛抱です。じっとしていてくだされ」

右の肩に成利を乗せたまま、忠勝は馬首を返して、戦の場を離れた。

堂々としたふるまいに、北条勢は何もできず、ただ、その姿を見送るだけだった。

四

一二月四日　駿府《すんぷ》

徳川右近衛権少将《うこんのえごんのしようしよう》家康が奥の書院に入ると、話をすべき相手は姿を見せており、下段の間で頭を下げていた。

「来ておったか。早かったな」

「殿が一刻も早く甲斐の様子を知りたいのではと考えまして。雲に乗って駆けつけました」

「戯《ざ》れ事《ごと》はよせ。顔をあげて話をせい」

「では」

石川伯耆守数正《いしかわほうきのかみかずまさ》は身体を起こすと、家康と視線をあわせた。

今川の屋敷で人質として暮らしてきた時から、数正は家康の顔を見て話をする。身分の上下を意識しないふるまいであり、家康はそれを好ましく思っていた。

家康が上段の間に腰を下ろすと、それを待っていたかのように数正は話をはじめた。

「御坂城を保つのは、相当にむずかしいかと。兵が少ない上に、まとまりを欠いているようで、正直、打つ手はありませぬ。河尻甲斐がよくやっていても、下が粗忽者《そこつもの》ばかりでして」

「平八郎はどうか。無事か」

「今のところは。無理せず、よくやっているように見受けられました」

「徳川の兵が無事ならばよい。つまらぬ戦《いくさ》に巻き込まれるのはかなわぬ」

家康は爪をかんだが、数正の視線を感じて手をおろした。この癖を咎《とが》めるところも、以前と変わりがない。

「ですが、御坂城を失えば、陣内に北条勢が飛び込んできますぞ。せっかく織田の目を盗んで、殿が押さえたのに、ここで奪われるのは業腹《ごうはら》でございますな」

「元々、甲斐は織田のもの。そう思えば、あきらめもつく」

「ですが、これだけ東国が揺れている最中、手放すのはもったいない気もしますな。偽物騒動も納まっておりませぬし」

「だから動けずにいる。むずかしい局面であることは、おぬしにもわかっていよう」


数正は、家康の側近として、多くの難局にかかわってきた。姉川《あねがわ》の戦いでも、三方《みかた》ヶ原《はら》の戦いでも、長篠の戦いでも常に近くにいて、その知略で、彼を助けてくれた。

茶の地味な素襖《すおう》も、そう思えば頭の奥深くに秘められた知恵を現しているようにも見える。

「正直、驚きました。まさか、羽柴筑前が、あのような切札を出してこようとは」

「書状には記していなかったな。こちらが信じられなかったということか」

「隠すのは当然かと。露見していたら、あの者の首は危なかったでしょう」

「よくぞ、ここで言ったと言うべきか」

信長が偽物であるという布告は、織田勢はもちろん、北条、上杉、佐竹《さたけ》といった東国の大名もゆるがした。すぐに北条氏政《うじまさ》や佐竹義重《よししげ》から書状が来たことが、その大きさを示している。

　家康も同じで、しばし言葉が出なかった。

「あの信長が別人と言われても、信じられぬ。おかしなところはあったが、まさか、そのようなことになっていようとは」

「決まったわけではありませんぞ。羽柴筑前がほらを吹いたことも考えられます」

「さすがに、それはあるまい。嘘としれたら、それこそ袋だたきにあう。無茶が過ぎる」

　家康は大きく息をついた。

「筑前に味方する者は多い。何より、あの丹羽五郎左衛門が共に動くとは」

「驚きました。丹羽殿だけは信長の側を離れないと思っていました。律儀者として知られていたので」

「同感だ。正直、家臣に欲しいと思っていたぐらいだ」

　丹羽長秀とは何度か話をしたことがあったが、その実直な態度を家康は高く評価していた。

　秀吉のようにほらも吹かず、勝家のように譜代《ふだい》意識をまき散らすこともない。穏やかな口調で、ありのままに物事を語る。

　一挙一動に重みがあり、まさに織田の屋台骨を支えていたことがわかった。

「あの方にしかわからない何かで、信長が偽物であることに気づいたのでしょう。ならば疑う余地はないのではありませぬか」

「そうとも言える」

「前右府《さきのうふ》様の動きも気になります」

　秀吉の布告があってから、信長は京に戻ったまま動かずにいる。

　一度だけ布告は真っ赤な嘘であり、叛旗《はんき》を翻《ひるがえ》した秀吉を討つとの触れを出したが、その後は安土に入るわけでもなく、また秀吉を迎え撃つためにに西に動くわけでもなく、京で留まったまま大きな動きを見せずにいる。

「疑いを晴らしたいのであれば、家臣と自ら話をして、本当のところを明らかにすればよいものを、そのような動きは見せておりませぬ。顔をあわせたのは、蒲生賢秀《がもうかたひで》、筒井順慶《じゅんけい》ぐらいですか。細川藤孝《ふじたか》が京に来ているという話も聞きましたが、顔をあわせたかどうかははっきりしませぬ」

「まるで、偽物であると自ら語っているかのようであるな」

家康は深く息をつく。

「だが、それも前右府殿の策かもしれぬ」

「何の意味があるのですか。家臣は次々と離反し、毛利や北条、上杉がいっせいに攻めかかって来ているこの情勢で、あえて偽物であることを示してどうするのかと」

それはわかっている。だが、どうにも割り切れぬことがあって、家康は判断を下せずにいた。

「前右府様から書状は来ましたか」

「来た。おぬしが甲斐に行っている間にな。秀吉の話は真っ赤な嘘なので、自分を信じて、甲斐の織田勢を助けて欲しいとのことだった」

「どう思いますか」

「何とも言えぬ。花押《かおう》は変わっているが、それは騒乱がきっかけと聞かされていた」

「本物であることを示したければ、直筆であったはず」

「文字は右筆《ゆうひつ》が書いていた」

家康の表情が濁るのを見て、数正は身を乗り出した。

「殿は、何を気にしておられるのですか。偽物であれば、遠慮することはございませぬ。早々に手を切って、北条と手を組み、尾張、美濃をねらうべきかと。守りは手薄ですぞ」

「わかっている」

　すでに、家康は尾張には何度も使いを送って、織田勢の動きを確かめている。

　今のところ守りを固める様子はなく、騒乱の前と変わりはない。わずかに美濃で兵の動きがあったが、それも少なかった。

　北条と手を組み、甲斐の織田勢を叩いた後で、尾張、美濃に乱入する。その策は、家康にとって魅力的だった。

　偽物問題で揺れる織田に、それを止めることはできない。北条が信濃の滝川勢を抑えていればなおさらである。

　越前《えちぜん》の柴田勝家が偽物に味方するかどうかはわからないが、判断を迷うことは間違いなく、家康と対峙するまでには時を要する。

　うまく尾張、美濃、伊勢に進出して、各地を支配下に収めれば、家康は東海を制覇する大勢力にのしあがる。

　天下を抑えることも十分に可能で、家康の野望には火がついていた。

「いったい、何を気にしておられるのですか」

　数正に問われて、家康は息をついた。口を開くまでには、わずかながら時間がかかった。

「偽物のことよ」

「と申しますと」

「なぜ、信長ではない者がそのようにふるまうのか。それが引っ掛かってな。信長になっても、何もよいことはないのに。権勢は振るえるやもしれぬが、この情勢では満足にやりたいことはできまい。それどころか、毛利や北条に押し込まれて、苦境に立たされるやもしれぬ」

「事が露見すれば、身内からねらわれますな。今がそうであるように」

「織田勢が蜂起すれば、またたく間に首は取られよう。いつ命が穫られてもおかしくない立場に、なぜ己《おのれ》の身を置くのか。理由《わけ》がはっきりせぬ」

家康ならば、決してやらない。そこまで義理はないし、あったとしても命を賭ける意味は見いだせない。他の者でもそのあたりは同じだろう。

「思い当たるところはございませぬか」

「ないから迷っている。あるとすれば……」

「何でございますか」

「偽物が本気で日の本をまとめようとしているところだ。さながら本物の信長のようにな。つまらぬ野心にかられて、ありもしない夢を見ているのだとすれば、筋は通る」

「偽物が本物になろうとしていると」

「より本物らしく、というべきか」

絵画でも掛け軸でも、細部までこだわった偽物は本物と区別がつかない。似せたいと思う者の気迫が本物だけが持つはずの美しさや迫力まで写し取ってしまい、完全に一致してしまう。

「もし偽物が本物の信長と同じようにふるまうのではあれば、それは本物と変わりがないのではないか。その覇気は日の本を覆い尽くし、やがて織田の配下にすべてをまとめあげてしまう。そのように思えてならぬ」

家康がためらうのは、偽物の覇気が本物と同等であるからだ。

今の偽物は、堕落する前の信長と同じふるまいをしており、その視線は全国に向いている。このままならば、本当に日の本を掌中《しょうちゅう》に収めるかもしれないが……。

偽物にそれが可能なのか。

あの覇気が余人に出せるとは思えず、そのあたりがどうしても家康には気になっていた。

「今は様子を見る。織田の動向に気を配れ。信長はもちろん、羽柴と丹羽にも。いざとなれば、織田と手を切ることになるが、それだけではないことも頭に置いておけ」

「御意《ぎょい》」

数正が頭を下げた。

勝負を賭ける瞬間が迫っているのかもしれない。

信長に従うのか、それとも叛旗を翻すのか。

きわどい決断を迫られることを感じながらも、家康は心の内の野心が大きく燃えあがるのを感じていた。

五

一二月六日　二条城

一久が広間に入ると、すでに腰を下ろしていた光秀が頭を下げた。広間にいるのは彼だけで、ひどく閑散とした印象があったが、それにこだわっている暇はなかった。

「秀吉が動いたか」

一久が腰を下ろしながら訊ねる。礼儀には反するが、致し方ない。

「はい。国境を越え、摂津滝山城に仕掛けました」

「いつだ」

「一二月四日です」

「持ちこたえられそうか」

「むずかしいかと」

光秀は顔をしかめた。

「滝山城の二〇〇〇に対し、秀吉は二万の手勢を動かしております。身内の羽柴小一郎《こいちろう》、木下孫兵《きのしたまごべ》衛《え》に加えて、黒田官兵衛が付き従っていると思われます」

「本気で攻められたら、三日と保たぬな」

「後詰めも出せませぬから」

羽柴勢を食い止めるためには、有岡《ありおか》から援軍を出すしかないが、大坂に丹羽長秀が留まっている以上、これを無視するわけにはいかない。有岡が空《から》になったところを攻められたら、終わりだ。

「滝山は捨てるしかないのか」

「はい。食い止めるなら、有岡でしょう。斎藤内蔵助を回しておりますので、しばらくは保ちたえられると思います。ただ、苦境に立たされていることに変わりはないので……」

光秀は、水色の素襖《すおう》を身にまとっていた。顔色はよくなかったが、それでも精気を保っているように見えるのは、鮮やかな着物の色が影響していたのかもしれない。

「織田侍従様が筑前と合流したという話も届いております」

「早いな。怪我をしていたのに」

「侍従様は、この先のことも考えておられるのでしょう」

偽物である一久を倒せば、信孝の地位は飛躍的に高まる。立ち回り次第で、負傷療養中の信忠を差し置いて、家督を嗣ぐこともできる。

野心に火がつけば、行動も早くなる。

一久は背中が冷えるのを感じた。

秀吉の包囲網は着実に狭まっている。有岡が抜かれれば、秀吉は丹羽長秀と合流し、動きはさらに加速するだろう。

「今のうちに、迎え撃つ準備を整えておきたいところです」

光秀の声はいつもと変わらなかった。苦境にあっても、落ち着いてふるまう姿には、安心感をおぼえる。

「問題はどこまで味方を増やせるかということですが……」

「簡単ではないな」

偽物《にせもの》との布告が出て以来、一久は余人と顔をあわせず、引きこもっての生活をつづけていた。書状によって指示は出していたが、その数も限られている。

陣頭に立つのは光秀で、一久は肝心な時だけ出向くという態勢だった。

「滝川伊予と会ったが、芳《かん》しい反応はなかった。話の節々から、こちらの正体を探ってやろうという意志が見てとれた。疑いを晴らすことはできなかった」

「蒲生左兵衛殿のように臣従を誓う者もおりましたが」

「都合が悪ければ、すぐに寝返るであろう」

「奥向きについては、いかがなさいますか」

「年が明けてからだな。折を見て、何が起きたか語るしかないだろうが、むずかしいことになるだろうな。信じてもらえるかどうかわからぬ」

一久は信長の正室や側室とは、ほとんど顔をあわせていない。正しくいえば、会うことができなかった。

肌をあわせた相手をだませるとは思えなかった

からだ。それこそ記録には残らない、本当の信長を知っているはずで、外見が似ていても内面の差異を埋めることはできない。身内とはそういうものであろう。

断片的な記憶も、空白を埋め合わせるにはまったく足りない。少し話せば偽物と見抜かれる。ならば、真実を語って、協力を求めるよりなかったが、具体的な方策は思いつかなかった。

「あとは、朝廷ですが……」

光秀の言葉に、一久は顔をしかめた。

「公家の連中か。直《じか》に顔をあわせるしかないが」

「それは、むずかしいかと。話をすれば、それだけで正体が知られるかと」

一久は信長になるべく懸命に有職故実《ゆうそくこじつ》を学んだが、それでも名家に育った本物とは比べものにならない。教養はまったく追いつかず、古典に関する知識はほとんど持っていない。

茶席の亭主すら満足に務まらない状況で、公家と会話が成り立つとは思えない。

「近衛相国様は、事情を知れば、味方になってくれましょう」

「他が駄目では話にならぬ。筑前はそのあたりを見抜いて、切り崩しにかかっている」

「丹羽様も動いています。京で長く奉行を務めておりましたから、公家衆と深いつながりを持っており、その影響力は計り知れません。関白の一条様とは互いの屋敷を訪ねる間柄ですから、お上《かみ》と直に話をつけることもできるかと」

天皇が敵に回ったら状況はさらに苦しくなるが、今のところ切り返す方法はない。

信長として一久が表に立てぬ以上、秀吉と長秀の調略を押さえることは不可能だった。

「話を聞きたいと申す公家もおりまして、その者とは手前が会うつもりでおります。きっかけをつかんで、少しでも味方を増やしたいところです」

光秀の表情は硬かった。それが追い込まれた現状をよく現している。

一久は顎《あご》を指で掻いた。髭《ひげ》の感触が指先をかすめたところで、思い切って口を開く。

「その公家と会う時には、俺、いや、儂《わし》も行こう。会って話がしたい」

「いや、それは……」

「正体が割れると言いたいのだろう。だが、今のままでは何も変わらぬ」

一久は言い切った。

いよいよ覚悟を決める時が来たのかもしれない。

二条城に引っ込んでいては、情勢は不利になるだけだ。ならば、露見すると覚悟を決めた上で会って話をし、一久の陣営に引っ張り込むしかない。

「利を示し、儂らに味方すれば得になると思わせれば、少なくとも敵に回ることはあるまい。様子見に徹してくれれば、時間が稼げる」

「筑前さえ倒せば、何とかなると」

「多少は疑いを持っていても、我らが勝てば味方にはついてくれよう。その後のことはまた後で考えればよい」

一久は光秀を見ると、大きく息を吸い込んだ。

この先の話をするのには、覚悟が必要だった。

「本物の上様もそうだったはずだ」

光秀の眉がわずかに吊りあがった。

ここで消えた信長のことを切り出すとは、思っていなかったのであろう。

「上様は、常に外地に足を踏み入れて戦った。浅井、朝倉と対峙した時も、武田と雌雄を決した時も、本願寺とやりあっていた時もそうだ。自国から一歩も二歩も踏み出し、先手を取って撃破してきた」

信長フリークの一久は、彼が常に外線作戦を取り、攻めるにしても守るにしても、一歩でも二歩でも前に出て戦ったことを知っていた。

圧倒的な戦力差があった桶狭間の時ですら、あえて清洲《きよす》にこもらず、出陣して迎え撃った。

常に前。

常に敵地。

それこそが信長であり、一久の憧れていたところだった。

「ならば、儂も踏み出して戦う。手をこまねいて、最良の機会を逃すようなことはしない」

不利は承知で挑む姿こそ、信長の本来あるべき姿だ。

「どうか」

光秀はしばし一久を見ていたが、やがてゆっくりと頭を下げた。

「覚悟の言葉、しかと聞かせていただきました。確かに、前に出てこそ上様。話し合いの件、了承いたしました。共に参りましょう」

「そうしてくれると、ありがたい。頼むぞ」

一久の言葉に、光秀は応じず、頭を下げたままだった。冷たい風が吹き込んできても、石になったかのように動かない。

「どうしたか」

「反省しておりました。手前は見誤っていたようです」

「何をだ」

「貴殿のことをです」

光秀は顔をあげた。その表情は、どこか晴れやかだった。

「正直、はじめて会って話をした時には、たいしたことはない人物だと思っていました。上様と姿形は同じでも、中味は軽薄であると。礼儀作法も知らず、満足に着物も身につけることができぬ愚者であり、いずれ、どこかで駄目になると考えておりました」

「ひどい言いようだな」

「ですが、あながち間違っていなかったはず」

「そうだな」

　一久は苦笑した。

　未来の世界で生きていた時の彼は、まさに、光秀が指摘したとおりの人物だった。

　たいした努力もせず、人に頼ってばかりで、間違っているのは世間だと思っていた。就職に失敗したのも、友人に裏切られたのも、すべて相手が悪いと考えていた。

　さすがに光秀だ。人を見る目はある。

「ですが、本当に駄目なら、とうに逃げ出していたでしょう。上様のふりをしていても、何ら得することはなく、逆にその命すら危うくなっているのに、いまだこの京に踏みとどまって、策を考え、流れを変えようとしております。なかなかできることではありませぬ」

「褒めてくれるのはありがたいが、それは儂が上様のふりをしているからだぞ。本物だったら、このようにすると思って行動しているだけだ」

「それができるだけでも、貴殿が骨のある人物であることの証《あかし》し。勝手な見立てをして、申しわけありませぬ」

　詫びの言葉を並べられて、一久は戸惑った。

　彼が生き伸びることができたのは光秀の協力があったからこそで、彼の指導がなければ信長のふりをすることすら考えなかった。

むしろ、詫びを入れたいのは一久だった。至らぬ信長ですまないという思いが、常に消えない。

「手前は、一度、夢を見ました」

光秀は静かに話をつづけた。

「この人ならば、戦乱を治め、見たこともない新しい世を作ってくれるのではないかと思い、この身を託しました。つらく厳しい日々も、天下が一つにまとまると思えば、耐えることができました。ですが、その主は中途で、新しい世を追うのを止め、楽土を己《おのれ》の裡《うち》に求めました」

「…………」

「厳しい言い回しやもしれませぬが、家臣がつらい道に留まっているにもかかわらず、すべてを投げ出して、己の心が作った城にこもったのです」

光秀が語っているのは、本物の信長についての話だ。一久の記憶とも、それは重なる。

「もしやすると、あれがあの方の本性であり、天下を目指す姿は、我らをいいように使うために作りあげた仮の姿だったのかもしれません。ふるまいを見ても、本気で天下を追い求める気がなかったことは明らかです」

信長は内政に興味を持っていなかった。それは、一久の記憶や光秀の説明、さらには、彼が未来で手に入れた知識からもよくわかる。

尾張や美濃では検地をほとんどやらず、商業に関する布告も驚くほど少ない。

信長は、天下布武を求めて戦《いくさ》をしていたのではなく、境目で戦を重ねた結果、より大きな版図を手に入れただけに過ぎない。

日の本をまとめあげた後の統一構想は、どこにもなく、光秀が失望するのも当然だった。

「だから、手前は兵を挙げました。他にも理由《わけ》はございますが、天下から目をそむけた上様に捨てられるのは御免でした。本能寺に攻め入ったことに悔いはございません。それでよかったのでございます。上様さえ取り除くことができれば、それでよかったのでございます」

だから、あれだけ雑な計画だったのか。

本能寺の変で信長を倒した後、光秀は新たなる展望をいっさい示すことなく、またたく間に押し切られた。

それは、端《はな》から天下を取ることを考えておらず、ただ信長を取り除くことに焦点を絞っていたからであろう。

「夢は潰《つい》えたかと思われました。ですが、今の貴殿とならば、できるかもしれません。新たなる世を作るため、手を貸していただきたい。よろしくお願いします」

光秀は板間に額《ひたい》を擦りつけた。

彼は信長の覇気に夢を求め、新しい世界を生み出してくれると思った

実のところ、それは一久も同じで、彼もまた、あまたの伝記や物語から、信長が新しい世界を作り出してくれる革命児だと信じていた。

信長が生きていれば、日本は史実と異なる素晴らしい国になっており、極東の地に留まらず、大きな世界に飛躍するはずだった。

故《ゆえ》に、本能寺の変を起こした光秀を本気で憎み、一時は名前を聞くのも嫌だった。

鮮烈な革命児というイメージは、閉塞した一久の人生に大きな輝きを与え、この世にしがみつく大きな理由になっていた。

だが、その信長像は幻だった。

本物は天下を目指しておらず、一久が最も憎む

身内びいきに徹して、織田家の秩序を大きく乱していた。憧れは無惨に砕かれた。

ならば、自分で新しい世界を作っていくしかない。自らが信長となり、日の本をまとめあげ、さらにその先に広がる夢の場所を目指していくのである。

本来の信長がやるべきことを、一久が成し遂げる。その時にこそ、信長という存在が完成し、世界史に名を残す人物となろう。

そのためならば、彼は何でもするつもりだった。

「わかった。共に天下静謐《せいひつ》を目指そう」

一久は光秀の前に歩み寄り、彼が顔をあげるのにあわせて、その手を取った。

「手を貸してくれるな」

「御意《ぎょい》」

光秀が一久の手を握って、頭を下げる。

熱い血の流れが伝わってきた時、一久は己の道を最後までつらぬく決断を下していた。

一久と光秀は手を取り合って、共に新しい未来を生きていくことを決めた。それは、世界の命運を変えるにふさわしい同盟であったが、残念なことに、その足元は驚くほど不安定であった。

秀吉の切り崩しは、すさまじい勢いで進んでおり、彼の手勢は一久や光秀の予想を超える速さで東に突き進んでいた。

滝山城の陥落を二人が知った時、その先鋒は東進し、摂津最大の要衝《ようしょう》を取り囲んでいたのである。

六

一二月七日　有岡城

「どうした。おぬしら、偽物《にせもの》に従っていて、満足なのか」

福島市兵衛《ふくしまいちべえ》正則《まさのり》は声を張りあげた。肺が痛むほどの大声であり、目の前の城にも届いていよう。

「我が主《あるじ》、羽柴筑前様が織田家を正しい道に戻すべく、京に向かっているのに逆らうとは何事であろうか。貴様ら、すべて光秀に尻尾を振る犬か」

反応はなかった。これまでと同じく、兵は動く気配を見せない。

　よく統制されている。さすがに、明智の手勢といったところか。

「光秀が何を企《たくら》んでいるのか、語るまでもあるまい。上様を取り除いて、明智が天下を握るつもりだったのであろう。その策謀は潰《つい》えた。早々に下るのがよいと思われるぞ。今ならば悪いようにはせぬ」

　返事はない。

　昨日と同じく、今日も沈黙で応じるのかと正則が失望しかけたところで、細い道を抜けて、馬に乗った武者が現れた。供を一人連れているだけで、ほとんど無防備に近い。

　その指物《さしもの》には見おぼえがある。

驚いた、まさか、その人物が出てくるとは。

正則は大声で訊ねた。

「おぬし、斎藤内蔵助か」

「さよう」

　斎藤内蔵助利三は同じく大きな声で応じた。

甲冑《かっちゅう》姿がよく似合っていて、わずかなふるまいから歴戦の勇将であることがわかる。

「よく出てきたな。城の主が」

「何、小僧がわめきたてているので、おもしろくなって顔を見に来ただけだ。弱い犬ほど吠えるというが、まさにそれだな。うるさい、うるさい」

斎藤利三は光秀の腹心で、この難局で有岡城をまかされている。それほどの人物がここで出てくるのか。

「おぬし、羽柴家の者か。名は何と言う」

「福島市兵衛正則。有岡城攻めの先陣を仰《おお》せつかった」

「子どもに城を攻めさせるとは、羽柴筑前も落ちぶれたものよ。無駄に命を散らすともしらずに」

利三の声は、堀を越えてよく響いた。

「この有岡城が堅城であることは、よく知られていよう。羽柴勢が総力をあげても、かないはせぬ」


それは、よくわかっている。だからこそ、正則はこうして手を尽くしている。

有岡城は摂津最大の要衝で、東は有岡川を天然の防壁とする一方、西側に緻密な土塁や石垣を築いて、城のみならず、城下町のほとんどを守る構造だ。いわゆる惣構《そうがまえ》で、複雑な西部の構造が大軍の進出をはばんでいる。

今回、敵はわずか四〇〇〇であるが、西側の要衝に兵を配置しており、力攻めでは手間取ることが予想された。

事実、羽柴勢の先鋒は昨日から攻撃をかけているが、最初の堀を越えて城下町に入っただけで、城に兵を近づけることはできなかった。

正則は、黒田孝高《よしたか》の指示を受けて、城兵を煽《あお》り、突出してくるように誘ったが、今のところ、うまくいってはいない。

「どうするか。ここでやりあうか」

利三の挑発で、正則の血はたぎった。

ここで、明智の重臣を討ち取ることができれば、流れは羽柴勢に傾く。味方は有利な形で戦いを進めることができ、有岡城の攻略は早まる。

そのきっかけを自分が作ることができると思えば、興奮するのは当然のことだ。

正則は手綱《たづな》を握る手に力を込める。

しかし、馬の腹を蹴って前に出ることはせず、小さく笑って話をはじめた。

「やめておこう。おぬしの首、しばらく預ける」

「ほう。羽柴の将、存外、情けないな」

「違う。ここでおぬしとやりあっても意味はないということだ。もっと大事なところ。すべての局面が決するところで戦ってこそおもしろかろう」

天下分け目の決戦で、槍を打ち合う。武将として生まれたからには、それぐらいのことはやってみたい。

ましてや、その可能性はあるのだから、ここで相手の挑発に乗って、つまらぬ戦いをしても仕方がない。

「去れ。追い討ちはせぬ」

「よく言う」

利三は笑った。

「ここで、おぬしを討ち取ってもよいのであるが、子どもの首を手にして、さしてうれしくない。ねらうのであれば、大将でないとな」

「さようか」

「それに、おぬしのふるまい、何か裏があると見た。いささか騒ぎすぎなのでな。おおかた黒田官兵衛あたりの策だろう」

さすがに、利三だ。よく見ている。

ここで利三が積極策をとれば、城内の兵が動く。本丸だけでなく、街道沿いの砦《とりで》や堀の近くに建つ櫓《やぐら》でも反応が出るはずで、それがわかれば、この先、城を攻める時に役に立つ。孝高はそのように考えて、とにかく兵を動かす策を講じていたのである。

利三はそれを見抜いて、あえて彼自身が出ることで、兵の動きを最小限に留めてみせた。

見事な対応である。

「今日は、このあたりにしておこう。では、また会おう。福島市兵衛」

利三は背を向けて去っていく。隙《すき》だらけであったが、仕掛ける気にはなれなかった。

手強《てごわ》い相手であることを確認すると、正則もまた背を向けて、城から離れた。

七

一二月七日　有岡城西方半里

「まあ、そうなるであろうな」

報告を聞いて、秀吉は素直に応じた。表情は渋かったが、半分は演技だった。

「馬鹿でも、あの堅城から飛び出して戦うような真似はしまい。兵糧はまだあるし、退路も保っている。味方が助けに来るやもしれぬのに、無理をする必要はない」

「相手は斎藤内蔵助。無茶をしないことは端《はな》からわかっていました」

秀吉の前に座っているのは黒田官兵衛孝高だった。

秀吉を支える智将の視線は、二人の間に用意された絵図に向いている。

孝高は秀吉が叛旗《はんき》を翻《ひるがえ》してから側を離れず、さながら家臣のようにふるまっていた。

「我らの足止めをするべく策を講じているでしょう。煽《あお》ったぐらいで、どうにかなる相手ではありません」

大きな紙には、有岡城と、その周辺の道や川、堀が描かれている。細かくはなくとも、おおよその場所はわかる。

描いたのは考高である。因縁の有岡城について、彼はどのような思いで絵図を手がけたのか。

「さて、どうする。時はかけておれぬぞ」

秀吉も身を乗り出して、絵図を見つめる。

二人が顔をあわせているのは、有岡城の西に建てられた仮設の本陣である。

移動式で、半日もあれば組み立てることができる。板張りの壁は隙間だらけで寒いが、風が吹き抜ける原野よりはるかに過ごしやすい。

「力攻めしても、効き目はないでしょう。それは、筑前様が御存知のはず」

「まあな」

かつて荒木村重《あらきむらしげ》が叛旗を翻した時、秀吉も城攻めに加わっており、その守りの堅さは身をもって知っている。

「同じことを繰り返すわけにはいきませぬ。あの時のような余裕はありませぬからな」

「高槻《たかつき》の高山勢を動かすこともできるが」

「うまくないでしょう。高山勢が動けば、日向が自ら出てきて、淀川《よどがわ》沿いの城を攻めたてるかと。明智勢は戦《いくさ》が達者ですからな」

孝高は絵図を見ながら語った。

「摂津に進出してくるか」

「高槻が奪われるようなことになれば、不利とみて、我らから離反する将も出てくるでしょう。それは避けたいかと」

「そうだな」

「大坂の丹羽様を動かすのも、止めておくべきかと。四国に残った織田勢ににらみを利かせてもらわねばなりませぬ」

「何より朝廷工作に集中してもらわねばならん。失敗すれば、我らは苦しくなる」

秀吉は、丹羽長秀が味方についた時から朝廷工作をまかせると決めていた。出自の定かでない秀吉は、公家から侮蔑の目で見られており、微妙な調略には向かなかった。

長秀は、京で長く働いており、その点も今回は有利だった。

「ここは我らだけでやるしかないということか」

「三日で何とかしないと、つまらぬ横槍が入るやもしれませぬ」

「手はあるのか」

「もちろん」

孝高は、絵図を扇子で指し示しながら、策を語った。その説明は具体的で、さながら目の前で軍勢が実際に動いているかのようだった。

「なるほど、それはおもしろいな」

「これが最善かと」

「だが、うまくいくか。斎藤内蔵助は戦上手。思惑に乗ってくれるとは限らぬ」

「いつもの内蔵助だったら、見向きもせぬでしょう。ですが、殿の布告で、明智家中は揺れ動いており、配下の動きを抑えるのには苦労しているはず。我らが動けば、それを叩いて、楽に戦を進めたいという思惑も出てきましょう」

「なるほど」

「市兵衛に煽られて、城内の将兵には不満がたまっております。偽物に味方していると言われてはは何かとしんどいはずで、小さなもめ事は数えきれぬほど起きているかと。弾けるのは時間の問題です」

「今日、内蔵助が出てきて、市兵衛と話をしたのは、それをそらすためか」

「でしょうな。あそこで出てこなければ、血気にはやる若武者が飛び出してきたでしょう」

そこまで考えて、正則に煽るように命じたのか。さすがに、読みが深い。

「あとはつつくだけで十分かと」

「わかった。やろう。明日だな」

「夜討ちも忘れずに」

「そのつもりよ。では行こうか」

秀吉は孝高が立ちあがるのを待ってから、腰をあげた。血がたぎるのを感じて、彼は自然と手を握りしめていた。

八

一二月八日　有岡城南方

羽柴小一郎秀長は、有岡城を北に見ながら、冬枯れの原野を東に向かっていた。

吹きおろしの風は冷たく、手も足も凍りつきそうである。馬に乗っているので、直《じか》に冷気が当たるのも厳しい。

これなら足軽の隊列に紛《まぎ》れていたいところであるが、十分になってしまった以上、馬から下りることはできない。今は、耐えるよりなかった。

「さて、どう出てくるか」

秀長は三〇〇〇の兵を率いて、あえて有岡城に側面をさらしながら、猪名川《いながわ》方面へ向かっている。城との距離は半里もなく、敵が出陣してくれれば、たちどころに側面を突かれ、大きな打撃を受ける。

大敗北もありえる進軍であるが、そこに黒田孝高のねらいがあった。

わざと隙《すき》を見せ、敵が食らいついてきたところをねらって反撃に転じ、主力を撃破したら、そのまま追撃して城に攻め、雌雄を決する。

かつて武田信玄《しんげん》が遠州《えんしゅう》三方ヶ原で徳川家康と戦った時に見せた戦法で、孝高は今回の戦《いくさ》にそれを応用していた。

肝《きも》となるのは、秀長の手勢がきっちり明智勢を食い止めることだった。

撃破されてしまったら、城を落とすどころか、秀吉の本陣まで被害を受け、東上するのも困難になる。うまく乱戦に持ち込み、援軍が来るまで持ちこたえねばならなかった。

「この戦は、我らだけでやらねばなりません」

孝高は言った。

「侍従様や高山様の手を借りては、この先、侮《あなど》られることになりましょう。兄上の前途を確かなものにするためにも、身内で、しかもすばやい勝利が必要となります」

羽柴勢は、数は増えていたが、秀吉が全軍を掌握しているとは言い切れず、不安定な要素が多い。考えもまちまちで、織田信孝のように主導権を握るため、余計な発言をする者も目立つ。

軍勢をとりまとめるには、明快な勝利で秀吉の実力を周囲に知らしめる必要がある。

敵を釣り出して叩くという派手な戦術を選んだ

のも、諸将の力関係を考えた上でのことだった。

「頼むぞ、この仕事はおぬしにしかできぬ」

兄に言われて、秀長はうなずいた。

いつも損な役割を押しつけられる秀長だったが、実のところ、彼自身はその立場を気に入っていた。

広い世界を見ることができた代償だと思えば、安いものだ。

秀長は、秀吉の七歳年下で、故郷ではおとなしい子どもとして知られていた。

派手好きで家に居着くことのない兄とは違い、家をしっかり守って農民として暮らしていくと思われており、当人もそのつもりで、幼い頃から何も考えず田畑を耕していた。

それが大きく変わったのは、松下加兵衛《まつしたかへえ》に仕《つか》えていた秀吉が姿を見せた時である。

「いい面構《つらがま》えだ。おぬし、儂《わし》を手伝って、武家にならぬか」

思わぬ言葉に、秀長は間を置いてから応じた。

「それはこの村を出るということですか」

「そうよ。おぬしが望めば、美濃にも近江にも、さらに、その先まで進んでいくことができるぞ」

見たことのない世界が目の前に広がって、秀長は興奮した。早々に兄についていくことを決めたのも、はるか彼方にひろがる情景が脳裏に消えることなく残っていたからだ。

両親は強く反対したが、彼の意志が揺らぐことはなかった。

それから三〇年の歳月が過ぎ、秀長は、兄と共に、偽の信長を打倒するべく、京に向かっている。

戦いの日々は苛烈《かれつ》であったが、楽しくもあった。

秀吉に仕えていなければ、秀長は尾張の片隅で農民として暮らしていた。それは穏やかではあっても、退屈だったはずだ。

広い世界を見せてくれた兄には、素直に感謝しており、それを助けるのは当然と考えていた。

秀長は横目で有岡城を見つめる。

いまだ動きはなく、城は穏やかな空気につつまれている。

孝高からは、敵が出てこないのであれば、かまわず猪名川を渡ってよいと言われていた。

有岡城は強力であるが、それは味方と連動してこそ意味がある。後背を断たれて孤立すれば、遊兵と化し、戦局にかかわることはない。

「その前に必ず出てきます。その時は、頼みますぞ、小一郎殿」

秀長は、孝高の指示に従って、手勢を動かした。

そのことに迷いはない。

知略に長《た》け、先を見通して緻密な策を練りあげる孝高は、その能力で何度となく羽柴家の窮地を救ってきた。

播磨制圧戦でも、備中高松城《たかまつじょう》の戦いでも、秀吉の采配を支えたのは孝高だった。将兵の心理を巧みに見抜く能力は、かつて秀吉を支えた竹中半兵衛《たけなかはんべえ》重治《しげはる》にも匹敵する。

六歳年下であるが、秀長は孝高を素直に尊敬していた。その孝高が動くというのであれば、その時を待って行動するだけでいい。

目立たず、やるべき事をきっちりやる。

それが己《おのれ》の役割と秀長は思い定めていた。

強い北風を浴びながら、軍勢はゆるりと進む。

変化が生じたのは弱い冬の日射しを雲が隠した時である。

土煙をあげて、馬に乗った使番が姿を見せた。

それは、有岡城に貼りつけていた将だ。

どうやら動きがあったらしい。

「来るか」

秀長は下知を出した。いよいよ合戦である。

九

一二月八日　有岡城南方

黒田孝高が前線に出た時、黒田勢の先鋒は明智勢の側面を突いていた。

騎馬武者が槍を振るって、すさまじい勢いで敵将を薙《な》ぎはらっていく。

押し込まれて、明智勢は陣形を乱した。

「それ、今であるぞ。押せ、押せ」

孝高は、輿《こし》に乗ったまま采配を振るった。

孝高は、荒木村重に幽閉されて以来、身体の自由が利かず、馬に乗るのがむずかしくなっていた。

それなら、輿に乗って好き勝手に動くのがよい。

慣れれば、馬と同じ速度で動けるのだから、問題はない。

事実、孝高の輿は、四人の担ぎ手によって自由自在に戦場を駆けめぐっていた。

前線に出たのも、彼の指示を受けてのことで、その動きに迷いはなかった。

孝高の采配を受けて、騎馬武者の一団が攻勢を強めていく。

明智勢は支えきれず、一部が後退する。

それが前進する味方と交錯して、大混乱を起こしている。

「うまくいったな」

明智勢を釣り出して、その側面を突く戦法は成功した。敵が城から出る時機は孝高の予想どおりで、あとはそれにあわせて押し出していけばよかった。

「殿、お戻りくだされ。危のうございます」

背後からの声に孝高が振り向けば、黒の具足に、黒の兜《かぶと》といういでたちの武者が馬で駆けよってくるところだった。

面当《つらあ》てはつけておらず、引き締まった素顔が孝高に向いていた。

栗山善助利安《くりやまぜんすけとしやす》である。

播磨国姫路の生まれで、若い頃から孝高に仕《つか》え、播磨統一戦でも大きな功績をあげた。

荒木村重が謀叛《むほん》を起こして、孝高が幽閉されると、利安は他の家臣と協力して黒田家の存続に尽力し、その上で有岡城の戦いに参加して、孝高の救出にかかわった。

家臣からも信頼されており、その発言は黒田家を動かすとも言われている。

「おう、善助か。どうした」

「どうしたではございませぬ。前に出すぎております。殿に万が一のことがあったら、困ります。早々にお下がりくだされ」

「何を言うか。今が勝負所。ここで采配を振るわずしてどうする」

「ですが……」

「気になるなら、側にいるがよい。儂《わし》は退かぬぞ」

利安は顔をしかめたが、それ以上、文句を言うことはなく、孝高の輿に馬を並べた。

その間にも、黒田勢は着実に明智勢を突き崩し、敵陣の奥深くに突入していた。

「今の勢いなら、敵を分断できそうですな」

「やはり明智勢の士気は低い。たやすく崩れるのは、将兵にやる気がないからだ」

「打って出たのは、明智光忠《みつただ》のようですが」

「日向の身内であろう。それほどの人物が出陣して下知を出さねばならぬところに、脆さがある」

有岡城を守るのであれば、何があっても城から出てはならなかった。

後背を断たれてもなおも耐え、京の明智勢が摂津に進出するまで待つことが最善だった。

それが羽柴勢の進撃で動揺し、攻勢に転じなければならないところに、限界があった。

斎藤利三はよくやっていたが、最後まで城内をとりまとめることはできなかったようだ。

孝高は、ねらったとおりに城から兵を引き出して、その中核を叩くことができた。

「羽柴小一郎殿も反撃に転じたようですな」

利安の言葉に、孝高が視線を転じると、秀長の手勢が右手奥から襲いかかっていた。

陣形の乱れが大きいところであり、その一撃は急所をえぐる形となった。

「小一郎殿は、よくやっている」

孝高は、秀長を高く評価していた。

手堅く、やるべき事をきちんとやってくれるところがよかった。

秀吉はもう少し器用であればと言うが、下手に先走って、余計なところに手を出されると、思わぬ痛手をこうむる。

秀長は、大きな戦果をあげないが、一方で大敗北もなかった。やるべき事をやりながら、やりすぎない。それができる人間は少ない。

今回の戦いでも、秀長が最初の一撃を支えてくれなかったら、黒田勢の攻勢も間に合わず、各個に撃破されただろう。

「明智勢が後退していきますな」

利安に言われるまでもなく、孝高は敵が退却に入っていることに気づいていた。黒田勢は敵を包囲しつつある。

「追いますか」

「無論だ。ただ、逃げ道は作っておけ」

「御意《ぎょい》」

囲師《いし》必闕《ひっけつ》は戦《いくさ》の根本である。

追い込みすぎれば、敵は死力を尽くして戦い、味方に犠牲が増える。それはうまくない。

さらに言えば、逃げ道があれば、敵は周囲を見ずに駆け込んでくるから、左右から攻めたて、数を減らすことができる。

利安が前線に飛び込むのを、孝高は静かに見守った。

勝敗は決しており、無理をする必要はない。あとは家臣が手柄を立てるのを待つだけだ。

吉報は、それから四《し》半刻《はんとき》も経たぬうちに、孝高の元に届いた。

一〇

一二月一〇日　二条城

「討死だと。次右衛門《じえもん》がか」

「味方を助けて有岡城に下がろうとしたところで、黒田家の益田《ますだ》与《よ》助《すけ》に討ち取られました」

光秀の問いに、光泰が頭を下げて報告した。その声は震えている。

「殿《しんがり》を務めていたこともあり、たちまち取り囲まれて、どうすることもできませんでした」

光泰は、光秀の命を受けて有岡城へ赴《おもむ》いていたところに、羽柴勢の強襲を受けた。明智勢の一員となって戦っていたが、羽柴勢の猛攻を支えきれず、有岡城から後退した。

「申し訳ございません。手前が、もう少ししっかりしていれば……」

「いや、おぬしが一人で、どうにかなる戦ではなかった。次右衛門が支えきれぬのだからな」

明智次右衛門光忠は光秀の従兄弟《いとこ》であり、苦境にあっても、常に光秀を支えてきた人物だった。

本能寺の信長を討つ時に、斎藤利三や溝口秀勝《みぞぐちひでかつ》が反対する中、彼だけが賛意を示して、光秀の決断を肯定してくれた。

これからも明智の家を支えてほしいと思っていたが、ここで討たれるとは。

光秀の胸に痛みが走る。

「それで、他の者は」

「内蔵助様は、手勢を率いて、芥川山城《あくたがわさんじょう》へ下がりました。そこで兵を整えるとのことですが、近くには高山右近がいますから、長く留まるのはむずかしいかと」

「無事ならば、それでよい。どうせ、京に下がってもらわねばならん」

光秀は顔を歪めたその時、襖《ふすま》の向こう側から小姓の声がした。信長が姿を見せたのである。

すぐに、光秀は上座を譲り、頭を下げて信長が来るのを待った。

「面《おもて》をあげよ。時が惜しい」

光秀が顔をあげると、信長があぐらをかいて座っていた。紫の肩衣《かたぎぬ》がよく似合っている。

半年前とは違い、着崩れする様子はない。まるで本物の信長が着ているかのように自然である。

膝に肘《ひじ》をつき、指で顎《あご》をなでる姿も、どこか以前の信長を彷彿《ほうふつ》させる。

「聞いたぞ。次右衛門が討たれたそうだな」

「はい。味方を助けてのことで、やむをえぬかと」

「よき武者だった。無事なら、これからもおぬしを支えてくれたであろう。残念でならぬ」

「もったいなきお言葉。次右衛門も泉下《せんか》で喜んでおりましょう」

信長はうなずいた。そのふるまいには、力強さを感じる。

最近、信長、正しくはその中に新たに入り込んだ人物は、どこか変わった。己《おのれ》の内面を見抜かれることを怖れず、堂々と人と会い、命じている。

家臣が失敗すれば叱りつけ、逆にうまくやれば人前で褒める。

まるで、信長がそうしていたかのように。

公家と会った時にも、彼は己を変えずに、言いたいことを言い、やりたいことをやった。時として、それは礼儀作法から外れることもあったが、気にした様子は見せなかった。

一挙一動が溌剌《はつらつ》としており、それは見ている者に心地よさを与えた。

だからこそ逆境にあっても、信長を囲む家臣は気持ちが明るく、一致団結していた。秀吉の調略にも誰一人として応じないのも、信長が闊達《かったつ》で、己をつらぬいているからだ。

これは、素晴らしいことなのではないか。

「有岡城が落ちたのは痛いな」

信長が話を切り出して、光秀は思考を戻した。

「もう少し時を稼いでくれると思ったが」

「筑前の手際が見事でした。うまく引き出されてしまいました」

「なぜ、出陣した。城外に出れば、危ういことはわかっていただろうに」

「城内をまとめあげることができませんでした。

申し訳ないかぎりです」

　有岡城の明智勢は、諸将が好き放題に動いて、最後までまとまりを欠いた。

　利三が城主で、光忠がそれを支えていても、意見の分裂はつづいたのであるから、ひどく落ち着きを欠いていたことがわかる。

　羽柴勢を目の前にして、気持ちの高ぶりを押さえることができず、それが出陣へとつながった。

「責めているわけではない。元はといえば、疑惑を払うことができなかった儂《わし》が悪い。筑前に付けいる隙《すき》を作ってしまった」

「上様が偽物《にせもの》などと。そんなことあるわけがありません」

　光泰が言い切った。

「信じるのは、愚か者のやること。羽柴筑前、あれほど世話になりながら、戯言《ざれごと》を並べて、上様の天下を乱すとは。許せませぬ」

　彼は真相を知らず、今の信長が本物だと信じ切っている。光秀としても心苦しい。

「そう言ってくれるのはうれしい。礼を申すぞ、十次郎」

　信長はそこで正面から光泰を見た。

「だが、この世には驚くべきことが多々ある。時として、とうてい受けいれられぬこともな。その時が来た時、どうするか。考えておくのも大事であるぞ」

　光秀の心は冷える。

　話の流れからすれば、信長の周辺に驚くべきことが起きていることを示唆《しさ》したように思える。

　正体が知られるのはうまくないのに、思い切って踏みこんできた。

　光泰はしばし信長を見ていたが、無言で頭を下げた。その表情には大きな変化はなく、一久を信じているのが見てとれる。

「この先、どうなる」

信長の言葉に、光秀はすばやく反応した。

「筑前は、まっすぐに京を目指しましょう。高槻の高山右近、茨木《いばらき》の中川瀬兵衛がそれに味方するはず。さらには、四国攻めにあたっていた蜂屋殿も筑前に味方する旨を示しました。三万を超える兵が西から攻めのぼってきます」

「迎え撃つ我らはどのぐらいか」

「京の明智勢と織田勢、あわせても一万五〇〇〇ほど。声はかけても、動かない者が多いので、この先も数は増えないかと」

「細川や筒井はどうか」

「今のところ、何も」

細川藤孝は光秀の盟友であり、何度となく共に窮地をくぐり抜けてきた。京の騒乱以後も、関係は維持しており、光秀の山陰攻めには兵を出してくれた。

それが秀吉の布告で変わった。京に入っているにもかかわらず、光秀が要請しても顔をあわせようとしない。真意を見せないのは気になった。

大和の筒井順慶も同じで、軍勢を動かすという書状は出してきたものの、実際には大和と山城《やましろ》の国境に二〇〇〇を留めたまま、合流する気配は見せなかった。

「当てにはならぬか。ならば、我らの手でなんとかするよりあるまい」

「上様、安土に戻っていただけませんか」

光秀は顔をあげた。声がうわずってしまったのは、強い願望をおさえることができなかったからだ。

「下がって本拠で迎え撃つのがよいかと。安土なら、坂本の兵も使えます。美濃、尾張の兵をそろえれば、十分に筑前を叩くことができます」

「それは、できぬ。京を失えば、大儀を失う」

信長はためらうことなく言い切った。

「我らは、何も悪いことはしてない。ならば、堂々と京に留まり、迎え撃てばよい。下がって戦うのは、儂のやり方ではない」

「確かに、それはそうですが」

「それに東国のことを考えれば、尾張や美濃の兵は動かしたくない。北条はすでに信濃の大半を制しているし、徳川の動きも気になる。態度をはっきりさせぬ織田一族もいる。下手に動かすと、すべてが崩れ去るぞ」

信雄をはじめとする織田の一族は、ほとんどが静観である。信孝のように敵に回る者は少ないが、積極的に味方もしない。

それは、京の騒乱後、信長が一族に対して厳しい処置を下したためだ。贔屓《ひいき》しないことに反感を持つ者も多い。

「それより修理《しゅり》とは話がついているか」

「それは、すでに。兵は動いております」

「ならばよい。あやつが敵に回らぬのは助かる」

柴田修理亮《しゅりのすけ》勝家は、信長の命令に従って越前から兵を下げていた。しかし冬場であるため、当初の予定より動きは遅れていた。

どちらにせよ、算段どおりであれば、勝家の兵は秀吉との戦いには役立たない。

「我らだけでやるしかない。さよう心得てかかれ」

信長は言い切り、光秀と光泰は自然と頭を下げていた。

力強い言葉は、かつての信長と変わらず、覇気に満ちている。

あの男は変わった。大きな一歩を踏み出したことは間違いない。

何がきっかけなのかはわからないが、それならば、こちらとしても迷うことはない。今は秀吉を叩くことに集中する。

光秀は腹をくくり、今後の軍略に頭をめぐらせた。

第三章　大転換

一

一二月一一日　伊予仏殿城《ぶつでんじょう》

　長宗我部信親は大手門に迫ったところで、いきなり反撃を受けた。

　無数の矢が降りそそぎ、足軽が次々と倒れる。

　味方はたちまち数を減らし、信親は馬を止めざるをえなかった。

「何だ、まだ敵は残っているではないか」

　昨日から今朝にかけての城攻めで、三の丸の敵兵は半減したと聞かされていた。士気も落ちており、力攻めで十分に落とせるという話だったが、矢の勢いはこれまでと変わらない。近づくことすら困難だ。

「下がれ。無理をするな」

　信親は手を振って、自らも馬を下がらせる。

　矢はなおも降りそそぎ、足軽の被害は広がる。陣形にも乱れが出ており、後退すらむずかしい。

「なんてことだ。ここで敵が出てきたら……」

　信親の危惧を読み取ったかのように、城門が開いて騎馬武者が飛び出してきた。

　その数は一〇〇を超えている。強敵だ。

「河野勢に、あれだけの余裕があるとは」

　信親は顔をしかめた。

「我らは読み違えたのか」

秀吉の布告で混乱する状況下で、長宗我部勢はあえて積極策に転じ、主力は伊予に進出していた。

目標は、伊予仏殿城である。

土佐から堀切峠《ほりきりとうげ》を越えて伊予に入ると、金生川《きんせいがわ》に沿う形で平野が広がっているが、仏殿城は、その平野の北、海沿いの大地に位置している。

文字どおり伊予の玄関口だ。

伊予、土佐、讃岐に向かう街道が交錯する地ということもあって、仏殿城は何度となく攻められており、かつては阿波の三好長治《ながはる》も軍勢を送り込んできたことがある。

八年前には、城主の妻鳥采女《めんどりうねめ》が裏切り、河野通《みち》直《なお》からも攻められている。しばらくは持ちこたえていたが、増援が来ると押し切られて、結局、采女は城から逃げ出した。

采女の裏切りには長宗我部家が深くかかわっており、それ以来、河野との関係は悪化している。

このたび、仏殿城をねらったのは、伊予への入口を確保して親交を速やかに進める一方、河野や毛利の援軍が讃岐方面に進出できぬように、閂《かんぬき》をかけるねらいがあった。

畿内での合戦が本格化するにつれ、讃岐や阿波の動揺は大きくなっており、一度は味方につけた国衆も動揺している。

今後のことを考えれば、伊予と讃岐、阿波との連絡は断ちきらねばならず、そのために思い切って仏殿城に進出したのである。

予定では一〇日で落として、早々に讃岐に入る予定であったが、七日が過ぎても三の丸にすらたどり着けぬ状況で、信親はひどくいらだっていた。

このまま追い返されたのでは、面目がたたない。

信親が馬を下げていると、日輪の前立をした武将を見かけた。味方を鼓舞《こぶ》しているが、自分は前に出ず、身を守ることに徹している。

信親が馬を操り、武家に駆けよった。

「内蔵助、これはどういうことか」

顔を向けたのは、久武内蔵助親直だった。

土佐統一に貢献した久武親信《ちかのぶ》の弟であり、信親と共に伊予進出の先鋒を担っている。

武には長《た》けているが、手柄に固執するところがあり、同僚との衝突が絶えなかった。

「これは、若さま」

親直は馬を下げて、信親と向かい合った。

「どうなさいましたか」

「とぼけたことを。伊予勢が数を減らしていると言ったのは、おぬしではないか」

信親は声を荒らげた。

「だから、力攻めで押して城を落とすべきと。甘言に乗って、押し込んでみれば、この有様よ。いったい何を見ているのか」

「兵が減っているのは確か。もう一押しで、城は落ちましょう」

「その前に、味方が消えてなくなるわ。おぬしの目はどこについている」

信親は顎《あご》をしゃくった。

その先には城門がある。

ねらったように、それが開かれて、新たな騎馬武者の一団が姿を見せた。

その数は五〇を超えている。

「こちらの陣形は崩れている。このままなら押し切られる」

「では、下がって立て直せばよいかと」

「誰がその時を稼ぐのか。こちらに余力はない」

そこで信親は親直をにらみつけた。

「ちょうどよい。おぬしにやってもらうか。具足も槍もきれいなようだからな」

「わ、若、それは……」

「安心しろ。我も行く。共に殿を守って、味方を助けようではないか」

信親は横に並んで、馬の尻を叩く。

驚いて親直の馬が走り出すと、信親はその後を追って、馬を走らせる。

槍を握る手に力を込める。敵は目の前だ。

二

一二月一一日　伊予仏殿城

長宗我部元親は知らせを聞いて、腕を組んだ。表情が強《こわ》ばるのを感じる。


「そうか、味方は城にたどり着くことすらできなかったか」

「手前が見たところ、はるか手前で伊予勢に食い止められております。守りは堅く、将兵の士気も高いかと」

若武者は頭を下げた。

名を横山《よこやま》美三郎《びさぶろう》憲康《のりやす》といい、八月に元親の家臣になった。出身は筑後で、秋月家ともかかわりのある一族であったが、没落して土佐に渡ってきた。

今回は初陣であり、元親の命を受けて使番《つかいばん》として働いている。

「弥三郎はどうか。無理はしておらぬか」

「うまく味方をまとめております。今日も殿《しんがり》を務めて、伊予勢を食い止めました。見事な戦ぶりかと」

「若さまも変わりましたか。我先に突っ込んでいかぬあたり、周りがよく見えておりますな」

谷忠澄《たにただずみ》が声をかけた。冷たい風が吹きつけているのに、いつもと同じ表情だ。

元親が憲康の報告を聞いているのは、仏殿城の南に位置する小さな丘だった。

城と街道の中間点にあり、本陣を置くにはちょうどよい場所にある。

周囲を囲むのは陣幕だけで、風が吹くと、ひどく冷える。手足が先刻からかじかんでいたが、それは本陣に控える武将ならば誰でも同じだ。

元親は、床机《しょうぎ》に座って報告を聞いていた。

彼の前には、忠澄をはじめとする家臣が並んで腰を下ろしていた。

「よいことかと」

「他が猪《いのしし》武者であるから、押さえにまわらざるをえなかったのであろう。根っ子は変わらぬ」

あえて元親は語気を強めた。息子に甘いところを知られてはならない。

「肝心の城攻めがうまくいかぬのではな」

「それは、伊予勢の守りが堅いため。読み違えましたな」

「毛利勢が、ここまで早く動くとはな」

元親は、毛利は秀吉や三好の支援に精一杯で、伊予方面に進出する余裕はないと見ていた。

しかし、仏殿城の周辺には乃美宗勝《のみむねかつ》の水軍が出て備後との連絡を確保していたし、天野元政《あまのもとまさ》の手勢も海を渡って、仏殿城の支援にあたっていた。

元々、河野家は毛利家との関係が深く、伊予が危機に陥れば、支援に動くのは自然な流れである。

しかし、彼らに先手を取られるとは思わなかった。

「毛利はどれほど手を広げているのか」

渋い声で語ったのは、本山太郎左衛門親茂《もとやまたろうざえもんちかしげ》だ。

土佐の国衆で、元親と長く戦ったが、降伏して、以後は家臣として仕《つか》えている。

「伯耆でも吉川元春が押していると聞きます。雪に埋もれて動きにくいのであろうに、それでも攻めているのですから、本気なのでしょう。水軍も讃岐のみならず、淡路にまで進出して、織田勢と戦っています。その上、伊予とは。いったい、どこまでやるつもりなのか」

「勝負に出たということだろう。毛利は総力をあげて打って出ている」

忠澄が応じた。その顔が歪《ゆが》む。

「勝てば、中国地方のみならず、讃岐や淡路まで制する、日の本屈指の大名になろう。天下を押さえ、征夷大将軍になることも夢ではない」

元親は淡々と語った。

「一方、負ければすべてを失い、滅びる。名前も領地も消えてなくなる」

「それは、これまでの毛利とはやりようが異なりますな。元就《もとなり》の死後は、守勢に徹していたのに、ここへ来ていきなり手を広げるとは」

「守っているだけでは立ちいかぬと見たのであろう。織田の攻勢は強く、このまま戦えば、本拠である安芸も危うい。押し返すのであれば、この機と見て、すべてを投じたわけだ」

大勝負の行方は、長宗我部の去就も決める。

毛利が勝てば、勢いに乗じて四国にも進出し、讃岐、阿波どころか、土佐も制圧するだろう。

宿敵である元親は許されるはずもなく、その首は飛び、長宗我部は時の彼方に消え去る。

それが嫌なら、元親も全力で攻勢に出るよりなかった。

「信長の件は、いまだ真偽がはっきりしないようですな」

親茂の表情も渋かった。

「織田からは何の知らせもございませんし、織田の将も今の信長が本物なのか偽物《にせもの》なのか語ろうとしません」

「朝廷は」

「黙ったままです」

「筑前の声だけが広がることになるな」

信長は京で有力者と顔をあわせているようだが、それにしても動きが遅すぎる。本物であるのならば堂々とその旨を示し、秀吉と対峙する姿勢を見せねばならない。

「やはり偽物なのでは……」

「そうやもしれぬ。だが、あの覇気は……」

元親と会った時、信長は日の本を統一するために全力を尽くすと語った。

その瞳は爛々《らんらん》と輝き、言葉には驚くほどの力があった。

「今は織田を頼りにしていくよりあるまい。毛利とは手が組めぬのだからな」

元親は家臣を見回した。

「まずは仏殿城を落とし、伊予の入口を押さえる。その上で讃岐、阿波の動揺を鎮め、毛利との戦いに挑む。苦しい戦いであるが、よろしく頼む」

家臣はそろって声をあげ、頭を下げた。

ここにいる彼らは信頼できる。追い込まれても、最後まで忠義を尽くしてくれるだろう。

彼らの思いを裏切らぬためにも、元親は未来を切り開く。容易でないことは重々承知の上で、やるべき事をやっていくつもりだった。

三

一二月一二日　御坂城

「ええい、なぜ、やるべき事をやらぬのか」

　西国と違って、東国では織田に敵対する勢力が主導的な立場を握っている。京の騒乱以後は、北条、上杉の勢いを抑えきれない。

　河尻秀隆は何度となく敗れ、一時は駿河に追い出されたこともあった。思ったとおりには進んでいない。

　だからこそ、やるべき事をやって、少しでも実績を積み重ねていくしかない。

　地味に守りを固めて、味方が減らぬように工夫しながら、北条勢を叩く。それが今の彼らにできることであり、やらねばならないことだ。

　夢を追いかけても決して届かぬとわかっているのに、なぜ無茶をするのか。

「やめよ。森乱。馬から下りろ」

　秀隆は成利に声をかけた。すでに馬上にあり、その手には槍がある。

「城から出ることは許さぬ」

「なぜですか。敵は怯《ひる》んでおります」

　成利は吠えた。

「ここで一押しすれば、勝利を手にできましょう」

「あれは誘いだ。これまで何度となくやられて、痛い目にあっただろうが」

　秀隆は成利を見あげた。

　城主であり、年長者である彼が声をかけているのに、馬から下りる気配はなかった。むしろ、目を細めて、見おろしてきた。

御坂城では、守りに徹する秀隆に成利が逆らって攻勢を主張するという状況がつづき、それが城兵の士気を下げていた。それは、秀隆にとって、何とも腹立たしかった。

「今度こそ打ち破って見せます。いつまでも閉じこめられてはおれませぬ」

「馬鹿なことを。目の前の敵を破ったところで、すべての北条勢を追い払うことはできぬ。次の敵が襲いかかってくるだけだ」

「その前に城を出て、京に向かいます」

「おぬし、まだ、そのようなことを」

「本物の上様が待っているのです」

成利の目は大きく揺れていた。感情が異様に高ぶっている。

「手前が助けに行かねばならぬのです」

「そうと決まったわけではあるまい」


秀隆も声を荒げた。

「儂《わし》も上様と会ったが、その時には以前と変わらぬふるまいだった。励ましの言葉もいただいた」

京で顔を合わせた時、信長は、負けた秀隆を労《いたわ》り、再起を願っていると語った。切腹も考えていただけに、やさしい言葉には危うく涙が出そうになった。

あの情愛は本物であると、彼は見ていた。

「だから、待て」

「待てませぬ、もう」

成利は槍を秀隆に突きつけた。

「邪魔をするのであれば、払いのけます。たとえ肥前様であろうと」

「馬鹿はよせ」

成利は応じず、槍を突き出した。

尋常ではない。心の奥底から吹きだした暗い情念が黒い炎となって、身体を包みこんでいる。

道を大きく踏み外しているのがわかる。

これは、もう押さえようがない。この世ではない世界に足を踏み入れてしまった。

「門を開けよ。我は出る」

成利が槍を振りあげる。秀隆は決断した。

「開けよ。出してやれ」

この情念を城に留め置いたら、何が起きるかわからない。当人のみならず、その周りにいる者も焼き殺しかねない。

城門が開かれると、成利は一〇騎を率いて飛び出した。

秀隆は彼らが街道に飛び出すのを確認したところで、門を閉めるように命じた。

北条勢は迫っており、隙《すき》を見せるわけにはいかない。やるべき事をやって撃退するしか、彼らには生き残る道はなかった。

四

一二月一二日　御坂城

「平八郎様、森乱が飛び出しました」

「何だと」

本多忠勝が振り向くと、街道を突き進む騎馬武者の姿が視界に入ってきた。

旗は白地に舞鶴《まいづる》で、ためらうことなく北条勢に突き進んでいく。

「馬鹿な、死ぬつもりか」

「何やら騒ぎがあったようです。あの肥前殿が門を開けたのですから、よほどのことかと」

梶正道も、成利の背中を見ていた。その瞳は、驚くほど冷たい。

「歯止めが利かなくなりましたな」

「狂したか」

「それとは、違うようにも思えますな」

「何にせよ、放っておくわけにはいかぬ」

死ぬのは当人の勝手だが、成利は信長の寵臣《ちょうしん》であり、ここで首を奪われるようなことになれば、北条勢の士気は一気にあがる。

「信長が見捨てたと触れ回れば、偽物の話もさらに広まるであろう」

「織田にとっては苦しいですな」

「我らとて、それは同じよ。御坂城を失えば、駿河が危うくなる」

無論、家康はその時に備えて策を講じているだろう。北条との接触が増えているという話も聞かされており、落城が織田との関係に大きな影響を及ぼすかもしれない。

三河の手勢を率いて、尾張、美濃へと攻め込む。それは悪くない光景だが……。

「いかがなさいますか」

正道に問われて、忠勝は成利を見つめる。

街道を突き進む赤い具足の武者は、北条勢との距離を詰めていた。

間もなく槍の打ち合いになる。

先のことを思って、忠勝は口を開いた。

「放ってはおけぬ。助けに行こう」

「よろしいので」

「死んでも痛くもかゆくもないが、その首がさらされ、さんざんに愚弄《ぐろう》されるところは見たくない。同じ戦場に立った者としてな。北条に手柄を与えるのも忌《い》ま忌ましい」

忠勝は手綱《たづな》を振って、馬を走らせた。

冬の風が吹きおろす山道を抜けていくと、喊声《かんせい》が聞こえてきた。

もう戦いははじまっているようだ。

ゆるく曲がっている場所を抜けて、谷間の広い場所に出ると、敵味方が入り乱れて槍を打ち合っていた。

北条勢は二〇〇の兵で、成利とその仲間を取り囲んでいる。戦力差は圧倒的で、たちまち織田勢は討ち取られて、その数を減らしていた。

忠勝は馬を走らせ、手にした槍を高く掲げる
蜻蛉切《とんぼきり》の感触は、いつもと変わらない。これならば、十分に戦える。

「どけ。道をあけよ」

忠勝が蜻蛉切を左右に振り回すと、たちどころに三騎が倒れた。

すれ違い様に黒の具足の武者を倒すと、馬から落ちる寸前に太刀を奪い取り、呆然《ぼうぜん》として動けない武者に投げつける。

太い太刀は、武者の顔面をつらぬいて、その命を奪った。

すさまじい戦いぶりに、北条勢は下がる。

忠勝の名前は、御坂城の戦いで、これまで以上に知られるようになって、正面からの戦いを挑む者はもはやいなかった。

「森様、お戻りくだされ。むざむざ討ち取られたいのですか」

忠勝は成利と馬を並べた。

「無茶はやめられよ」

「断る。儂《わし》は行く」

「馬鹿なことをおっしゃるな。今の我らに、北条勢を打ち破ることはできませぬ」

忠勝は、峠道を見つめる。

「それに、この道を行ったところで、美濃には戻れませぬ。途切れておりますから」

「だったら、我がつなぐ。その先に、我らの信長様がいる。極楽で、我らは共に生きる」

成利の目は、忠勝を見ていなかった。遠くの、あるはずのない世界に向けていられていて、現実から切り離されていた。

そこで忠勝は、自分が勘違いしていたことを知った。

成利がおかしくなったのは、信長との愛憎がもつれた結果だと思っていたが、そうではなく、単に自分が楽して生きる場を奪われたことによるものだった。要するに逆恨みだ。

安土城で、成利は、さながら織田の当主であるかのようにふるまっていた。

信長との面会は彼が決め、羽柴秀吉や明智光秀のような大物が相手でも彼が認めなければ、安土城に足を踏み入れることすらできなかった。

成利は権勢に酔った。それを奪われて、彼は心の均衡を崩したのであるが、それは子どもがお気に入りの独楽を取りあげられて暴れるようなもので、大人の情愛などいっさい関係なかった。

忠勝が考えていた以上に、成利は子どもだった。驚くほど幼い。

「どけ」

成利が前へ出ても、忠勝は止めなかった。

子どもに何を言っても無駄である。自分の息子であれば、説教してでも連れて帰るところであるが、他人の、しかも元服して、表向きは成人に見える大人への言葉は忠勝にはなかった。

甘えさせてくれる信長はもういない。ならば、夢を見て死ぬがいい。

ただ首を持っていかれるのは忌ま忌ましいので、その遺骸だけは持ちかえる。

忠勝は、成利が北条勢に挑むのを見ていた。足軽に取り囲まれ、五本を超える槍に身体をつらぬかれる様を見ても、忠勝の心が動くことはなかった。

五

一二月一四日　二条城

一久が濡縁《ぬれえん》に出るのと、光秀が庭の奥から姿を見せるのはほぼ同時であった。

「こ、これは上様」

光秀は、まさか一久が姿を見せるとは思わなかったようで、庭で膝をつくまで、わずかに時がかかった。

「ご無礼を」

「気にするな。今は危難の時よ」

「はっ」

「それに、少々、無礼なふるまいをされても儂《わし》にはわからぬ。まだまだ勉強不足でな」

光秀に限らず、無礼なふるまいを詫びる家臣はいるが、一久にはどこが悪かったのかわからないことが多い。

現代に生きてきた者故の問題であったが、今のような苦境ではそれがいい方向に作用していた。信長は気さくになったと評判があがっているぐらいなのだから。

一久は膝をついて、濡縁から光秀を見おろした。

「それより羽柴筑前の手勢、どうなった」

「先鋒は高槻に入りました。芥川山城には目もくれず、まっすぐに京に向かっております」

「内蔵助は帰ったか」

「はい。先だって京に入りました。三〇〇〇の兵を与えましたが、うまく使えるかどうか」

「やむを得ぬ。有岡で兵を失ったからな」

斎藤利三は、芥川山城で、敵を向かえ討つ手筈《てはず》であったが、秀吉の進撃が早いことから早々にあきらめて後退した。

「丹羽勢も、そろそろ加わる。いよいよだな」

迎撃作戦はことごとく失敗し、羽柴勢は目前に迫っている。

「安土に戻っていただけませぬか」

光秀は頭を下げたまま語った。

「今ならば、間に合います」

「戻ったところで、意味はない。たちどころに包みこまれて、城もろともに焼かれる」

「されど……」

「それに下がって負けたとあっては、信長の沽券《こけん》にかかわる。京まで攻め込まれたのは口惜しいが、わずかでも前に出て食い止めねばな」

このままなら、決戦は光秀にとって因縁の地でおこなわれる。

史実と同じく敗れるのか、それとも違った結果になるのか。

いずれにせよ、一久が知らぬ歴史が展開されることになることは明らかで、それを見届けるのが自分の役目であると彼は感じていた。

「朝廷はどうだ」

「今のところは何も」

「お上《かみ》と話しあうところまでいけたのだがな」

一久は、おととい、正親町帝《おおぎまちてい》に対面する機会を得た。

御所の空気は驚くほど重く、戻ってきてからも何を話したのかおぼえていない。

やるべき事はやったという達成感は残っていたが、それが朝廷を動かすきっかけになるかどうかはわからない。

「うまくやったとは言えぬ。礼儀作法に反していても、それがわかるほど頭は回っていなかった。己《おのれ》のすべてをさらけ出したような気がするよ」

「見抜かれたでしょうか」

「ごまかすゆとりはなかった。気づかれたとしても、それは仕方のないことだ」

一久は、濡縁に座り直した。

「ここまで来たら、最後まで粘る。それぐらいのことはできるさ」

考えてみれば、一久は、いつ死んでもおかしくなかった。

本能寺で雑兵に討ち取られることも十分にありえたし、光秀と対面することなく、明智の武将に首を刎ねられることも考えられた。

そもそも、戦国時代に来る前に、一久の人生は終わっていた。転生することなく、岐阜に引っ越していても、未来はなく、早々に首をくくって、誰にも惜しまれることなく、その人生を閉じていただろう。

それが思わぬ機会から生き延び、ここまで来た。それは、僥倖《ぎょうこう》であった。

「結局、信長がどのような人物であったか、わからなかったな」

光秀とは信長についてさんざん語ったし、斎藤利三や明智秀満といった事情を知っている者にも信長の印象について訊ねた。

家臣や公家、商人と対話した時も、それとなくかつての信長がどういう人物であったのか探りを入れていた。

返答はまちまちだった。

怖いと応じる家臣もいれば、人当たりはよかったと答える商人もいた。寛容であると語る公家がいる一方で、他人の失敗を決して許さない厳しさを持っていたと震えながら喋る武者もいた。

勇猛でありながら、驚くほど繊細な一面もあり、奥向きで唯一、顔をあわせることができたお鍋《なべ》の方《かた》からは、子どものように無邪気で、何をするにも手がかかったと言われた。

後世に伝えられた信長は、特定の一面を切り取られた姿でしかなく、本物はもっと複雑で、彩りにあふれた要素を持っていた。戦国時代の美しい山谷を思わせる鮮烈さを持ちながら、常世の闇を思わせる嫉妬深さも存在しており、簡単に語ることはできなかった。

「会って話がしてみたかったな。今なら、楽しく話ができたような気がする」

当人と会話すれば、一久は信長を理解できたかもしれない。革命児や第六天《だいろくてん》魔《ま》王《おう》といった虚飾から切り離された本来の姿を垣間見ることができたであろう。

あまたの戦国武将が生きているこの時代にあっても、それはかなわぬ夢だった。

今は、彼が信長なのだから。

「上様……」

「つまらぬことを言ったな。それより、筑前を迎え撃つ場であるが……」

不意に、大きな声が二条城の外から響いてきた。

誰かが咎《とが》めているようだが、それを遮《さえぎ》って喊声《かんせい》があがる。

強い殺意に反応したのは、光秀だった。

「どうしたか」

「大変です。兵が城を取り囲みました」

光泰が奥から姿を見せ、濡縁で膝をついた。

「馬鹿な。何者か」

「斎藤内蔵助の兵でございます」

光秀の表情が大きく歪《ゆが》んだところで、大きな足音がして、将兵が庭に飛び込んできた。

先頭に立つのは、斎藤利三だった。

光泰は一久の前に立って、彼をかばった。

「どういうことか、内蔵助。兵を入れるとは」

光秀の問いに、利三は頭を下げただけで応じなかった。その間にも兵の数は増え、一〇〇を超える。

「内蔵助」

「儂の首が欲しいのか、内蔵助。本能寺のやり直しをするか」


一久は光泰を押しのけて、前に出た。

「どうなのだ」

「殿を守るためです」

利三は顔をあげた。その表情は硬い。

「なるほど。偽の信長であることを知らずに、その下知に従っていたが、筑前の布告で過《あやま》ちに気づき、我を討ったと。首を奉じることで、罪を許してもらうわけか」

一久は笑った。驚くほど獰猛《どうもう》な笑みだ。

それがかつての信長に驚くほど似ていたことに、一久本人は気づいていなかった。

「端《はな》から儂を討ち取るつもりだったな。日向を守るために。主君思いで、何よりだな」

「お覚悟を」

「言いたいことはわかるが、そううまくいくか」

信長は利三を見つめた。

「羽柴筑前はすでに野心を剝《む》き出しにしており、儂を倒したら、そのまま京を押さえ、天下に号令するつもりだ。その時、邪魔になるのが明智である。今回はしのぐことができても、いずれ難癖をつけられて討ち取られることになる。それでもよいのか」

「何とかして見せます。我らならばできます」

「よい覚悟だ」

一久は大きく腕を左右に開いた。

「ならば討て。やるなら、今しかないぞ」

「やらせぬ。内蔵助、兵を退《ひ》け」

光秀が二人の間に割って入った。その視線は利三を向けられたままだ。

利三は顔を歪めた。

「殿、下がってくだされ。夢は終わったのです。今は生き残ることを考えるべきかと」

「いいや、終わっておらぬ。この上様とともにいるからこそ、儂は生きていくことができる。戦のない新しい世をこの手につかむために、我はこの御仁《ごじん》と共にいく。本能寺は二度と起こさせぬ」

「殿」

「下がれ。何なら、儂も共に討つか」

利三はためらったが、兵を下がらせる様子もなかった。

このままでは、二人の対立は決定的になる。

それは、自分の望むところではないと思った一久は自然と前に出ていた。

空気が揺れて、足軽の一団が前に出てくる。

緊張が頂点に達したところで、別の声が主殿の奥から響いてきた。

妻木頼忠である。

秀吉謀叛《むほん》の知らせを一久に告げた武者が姿を見せ、

一久と利三の手勢が向かい合う中に割って入った。

空気を読まぬ、いや、あえて無視したふるまいが場の空気を変えた。

「申しあげます。使いの者が上様への目通りを求めております」

「どこの者だ」

一久は、利三がいないかのようにふるまった。

「丹羽家の者にございます」

信長だったら、そうすると思ってのことだ。

「何だと。一人か」

「いえ、朝廷からの使いも伴っております」

「何だと」

「朝廷から上様に話があると」

一久の表情はこわばった。

光秀も光泰も利三も同時に息を呑む。

いったい、どうした。なぜ、そうなる。

一久は、何か異常なことが起きていることを感じとった。

思いは錯綜《さくそう》したが、一久はそれを一瞬で消し去った。やるべき事は決まっている。

「会おう。案内せい」

一久は利三に背を向けて、主殿の奥に向かう。

世界が大きく動くのを彼は感じていた。

六

一二月一五日　高槻城

孝高を伴って広間に入ると、秀吉は上座に腰を下ろして、肩を軽くもんだ。

無礼なふるまいであるが、広間に集まっているのは身内ばかりで、格式を気にしなければならない相手はいない。気楽に話ができると思うと、秀吉の心もゆるむ。

「筑前殿、まだ安心するのはどうかと」

孝高に言われて、秀吉は笑った。

「わかっている。日向に勝つまで気をゆるめる気はない。ただ、余裕を持って事に当たらねば、大きな過《あやま》ちを犯す。そういうことよ」

「左様でございますか」

「味方は増えているのだろう、官兵衛」

秀吉の問いかけに、官兵衛はうなずいて応じた。

「はい。若江三人衆は、そろって茨木城に入りました。明日にもこの高槻に現れるでしょう。河内や和泉の兵は、ほとんどが我らに味方すると思われます」

「堀久太郎《ほりきゅうたろう》の兵はどうだ」

「今日にも高槻に入るかと。偽物《にせもの》の化けの皮を剝《は》ぐと息巻いております」

「結構なことだ。期待できそうだな」

秀吉は有岡城を落とすと、淀川に沿って東進し、おととい、高槻城に入った。

京は目の前である。山崎《やまざき》の隘路《あいろ》を越えれば勝竜寺城であり、その先に控えるのが雅《みやび》な京の町である。

当然、その前に光秀が立ちはだかっているはずで、彼を倒して勝利をつかむことが秀吉のやるべきことだった。

「偽の信長など、物の数ではありません。蹴散《けち》らしてごらんに入れます」

末席で、福島正則が吠えた。

若武者で、血気にはやるところはあるが、それがこれまでのところよい結果につながっている。有岡城の戦いでも秀長を助けて明智勢を叩き、三つも首級をあげた。

明智光忠を討ち取る時にも、退路に逃げ込む将兵を槍で薙《な》ぎはらって、黒田勢の進撃を助けており、敵味方の動きを把握する能力があることを示していた。

「期待しているぞ。日向の首ぐらいはくれてやる」

「では、偽の信長は」

「それは儂が取る。我らを欺《あざむ》いた報いは受けてもらわねばな」

「でしたら、お譲りいたしましょう」

正則は笑った。余裕があるのは、勝てると思っているからだ。

秀吉の布告で、織田家は分裂し、信長に味方する勢力はひどく減っていた。

確実に味方するのは明智勢だけで、尾張勢や美濃勢すら動く気配はない。細川や筒井も京の近くまで進出しているが、決定的な動きはない。

数の上では味方が三万、光秀が一万五〇〇〇あまりと圧倒的に有利である。

「どこで戦うことになると思う」

「やはり山崎でしょう」

孝高がためらうことなく応じた。

「天王山《てんのうざん》が張り出すあのあたりは、淀川の川幅が広く、大軍を動かすには向いておりません。その出口に軍勢を置いて、迎え撃つ。他にできることはないはずです」

「勝竜寺城に引きこもることは考えられるか」

「ありえません。あの城は、平城でこもって戦うのは無理です。あくまで京を守るというのであれば、平地で戦って勝つよりないのです」

孝高の説明には、迷いがなかった。

彼の頭にはこの先の展開が描かれており、話はそれをなぞっているに過ぎない。知謀の深さは計り知れなかった。

「勝てるか」

「戦《いくさ》は時の運。やってみなければわかりませぬ。天の働きもございますから」

「運を引きずりこむのも、人の力よ。それができねば生き残ることはできない」

運は人の手で動かすことができる。それが秀吉の持論だった。

今回も、布告を出してから、味方を増やすべく懸命に手を尽くしてきた。書状を出し、贈り物をし、人と会って利を説いてきた。

たいして兵を損なうことなく、高槻までたどり着くことができたのは運がよかったからだが、その状況を作りあげたのは秀吉自身の才覚だった。

「あとは、陣立てであるな」

ふと、そこで秀吉は肝心な人物が来ていないことに気づいた。

「小一郎はどうした。声はかけてあるはずだが」

「妙ですな。このような大事な席に遅れてくるような方ではないのですか」

孝高が目を細めた時、荒々しい足音が響いた。

何事かと思っている間に、戸が開いて、秀長が姿を見せた。

「あ、兄上」

「馬鹿者が。軍議の場に遅れるとは。これがどれほど大事か……」

秀吉が口をつぐんだのは、秀長の顔色が驚くほど青かったからである。息は荒く、手は細かく震えている。

「どうした。何があった」

「京で、勅旨《ちょくし》が出ました」

秀長はそこで一度、呼吸を整えてから、改めて口を開いた。

「今の信長は本物であると。兄上の布告は真っ赤な嘘であり、従うことはあいならぬと」

「なに……」

秀吉の言葉は、そこで途切れてしまった。先をつむごうにも、言葉が思い浮かばない。思考が完全に飛んでいた。

あの信長が本物だと。自分の発言が偽《いつわ》りであると。そんな馬鹿な。いったい、何が起きているのか。

どれほどの時間、そうして固まっていたのか、秀吉にはわからない。驚くほど強い衝撃が、彼の記憶を奪い取っていた。

「そんな馬鹿な。いったい、どうしてそんなことが……」

ようやく秀吉はつぶやいた。

「なぜ、そのようなことが起きるのか。信長は間違いなく偽物だ」

なのに、朝廷は本物と認めるのか。朝廷には丹羽長秀が工作していて、最初から決着はついていたはずなのに……。

「やられた……」

孝高のつぶやきが、秀吉の意識を現実に引き戻した。目を吊りあげて、戦国屈指の知将に顔を向ける。

「どういうことだ」

「失敗しました。我らは最後の最後で、裏切られたのです」

「誰にだ」

「丹羽長秀殿です」

「何を……」

またも秀吉の言葉は途絶えた。

長秀は早くから秀吉に味方して、京で朝廷工作に励んでいた。多くの公家を味方につけ、帝《みかど》にもこちらの意志を伝えていた。

　長秀の目を欺いて、偽の信長が朝廷を味方にできるはずがない。故に、現状の意味するところは明らかだ。

「どういうことだ。丹羽殿が何をしたのか」

「いつの頃からかわかりませんが、丹羽様は偽物に味方するべく動いていたのでしょう。朝廷工作もそのためかと」

「そんな馬鹿な……」

「そのように考えなければ、筋道が通りません」

「だが、丹羽殿は早々に信長が偽物であることを見抜いていた」

　秀吉が長秀と会ったのは九月の後半だった。

　そこで秀吉が信長に対する違和感を語ると、長秀は偽物だと言い切った。見た目は同じであるが、中味はまるで違うと。どのようにやったのかはわからないが、入れ替わっていることは間違いないと言い切っていた。

　だから、秀吉に味方するのは当然と考えていた。

　長年、仕《つか》えてきた長秀が誰ともわからぬ者の下知を受けるとは考えにくかった。

「知った上で動いたのでしょう。それしか考えられませぬ」

　孝高は顔を歪《ゆが》めていた。後悔の念を抑えきれぬようだった。

「さもなくば、この頃合いで勅旨が出ることなどありえませぬ」

「だが、信長が偽物であることは明らか。でしたら、お上《かみ》にそのことを気づかせればよいのでは」

　口をはさんできたのは、正則だった。その顔は青ざめている。

「いくらでもやりようは……」

「それも含めて、うまく手を打たれたと申している。朝廷、いや、お上は信長を偽物だと見抜いている。その上で本物と宣言して、彼らの味方についた。その理由《わけ》は……」

「そうか。味方につけるための策か」

秀吉は、孝高の発言を正しく理解した。頭が回転するのがわかる。

「朝廷は、信長が誰であれかまわなかったわけだ。自分たちを守り、確実に味方になってくれる存在であれば……」

朝廷は長い戦乱に翻弄《ほんろう》されて、拠《よ》り所《どころ》を失っていた。所領を失い、儀礼をおこなう資金すら確保できず、帝の命が脅かされたことも一度や二度ではない。

信長が資金を出すまで、御所の壁は崩れたままで、正親町の帝は冷たい風が吹きつける寝所で夜を過ごしていたという。

「ここで信長を失えば、この先、どうなるかわからぬ。儂や毛利が大切にしてくれるという保証はどこにもないからな」

「それだけではございませぬ。偽物と知った上で、あえて味方をするのであれば、大きな貸しを作ることができます。今回の勅旨は、計り知れないほどの恩恵を与えますから」

朝廷が認めたことで、多くの武将が信長を本物と認めるだろう。怪しいところはあっても、利益を与えてくれるのであれば、あえて文句をつけることなく、その支配下に入る。

それは織田の家臣だけでなく、各地の大名も同じだ。

状況は逆転し、偽信長は一気に有利に立つ。

そのきっかけを与えた朝廷に、信長は感謝せざるを得ず、今後の力関係は大きく変わる。身の安全は確実なものとなるし、うまくやれば、さらに大きな利益を引き出せるかもしれない。

損得を秤《はかり》にかけ、偽物に味方すれば利益があると朝廷は判断した。そして、おそらく、それを丹羽長秀が助けていた。

「信じすぎたというのか、この儂が」

長秀の裏切りを予見できず、朝廷の意志も見抜けなかった。二重の失策が最悪の事態を引き起こすこととなった。

「そんな。これでは我々は……」

正則も正しく事態を把握したようで、その顔は青ざめている。

「この先、どうすれば……」

「しれたこと。戦うしかないわ」

秀吉は立ちあがって、天井を突き破るかのような大声で応じた。

「今さら退《ひ》くことはできぬ。戦って、偽物を打ち破り、京に入って天下ににらみを利かせるよりない。朝廷も寺社もすべて掌中《しょうちゅう》に収める」

「殿がやるのですか」

「まとめるのは誰でもよい。毛利であろうが、他の何者であろうが」

秀吉は大喝《だいかつ》した。

「とにかく今は、我らの意見が正しいということを天下に知らせることこそ大事。そのためには、偽物の首を四条河原《しじょうがわら》にさらし、上様の敵を討ち、織田家の乱れを糺《ただ》す。それだけよ」

偽物がいるかぎり、秀吉は敵とみなされる。信長に逆らい、朝廷にも背を向けるのであるから、正統性はどこにもない。

「そうだな、官兵衛」

「左様です。早々に、明智勢を叩かねば」

孝高は秀吉に顔を向ける。

「この知らせが広まれば、たちどころに味方は離れましょう。その前に、偽物を叩いて、我らが正しいということを示す。それしかありません」

「あやつは偽物なのだ。それは確かである」

秀吉の判断は間違っていない。

あの信長が本物であったら、今までの自分は何を見てきたということになる。確信はある。

だが、あの信長が周囲の利益を守り、それらしくふるまっていれば、そちらが本物になる。

疑惑があっても、彼らの求める信長像を演じきってくれれば、真贋《しんがん》は吹き飛び、偽物が天下をまとめても何ら不満がない状況になる。

そこまで追い込まれたら、お終《しま》いだ。その前に戦って勝つよりなかった。

「仕掛けるぞ。明日には山崎を越えて京に入る」

秀吉は決断し、配下の将は頭を下げた。

もう逃げ場はない。もはや戦わなければ道は開かなかった。

第四章　真・山崎の戦い

一

一二月一八日　山崎

斎藤利三は配下の将に指示を出すと、馬に乗った。自然とその視線は上に向く。

厚い雲が頭上に広がっている。

灰色で、そのままのしかかってきそうな重みを感じる。

風が強く吹いているのに、雲は切れることなくつづき、利三が布陣した時から陣地の上空に貼りついたままだ。

天正一〇年も間もなく終わろうとしている。

激動の一年で、利三の人生も大きく変わった。

本能寺に向かったのが半年前とは信じられない。

生き残ることができたのは、本当に幸運であった。主君と並んで、京で首をさらされてもおかしくなかったのに、こうして戦《いくさ》の場に立っていて、最大の敵に挑もうとしている。

「化《け》天《てん》の内《うち》に比べれば、夢幻《ゆめまぼろし》のごとくなり、か」

利三は、敦盛《あつもり》の一節を口ずさむ。

まったく生きていれば、何が起きるかわからないものである。

利三が視線を正面に向けると、黒い馬に乗った若武者が迫ってきた。

供も連れずに単騎であったが、その骨太な身体付きを見れば、誰であるかは見当がついた。

「斎藤様」

声をかけてきたのは、蒲生忠三郎賦秀《ちゅうさぶろうやすひで》だった。

近江蒲生郡の生まれで、父の賢秀が織田に臣従すると、小姓として信長に仕《つか》えるようになった。

早くから合戦に参加し、長篠の合戦、有岡城の戦い、伊賀《いが》の戦いで戦功をあげた。

京の騒乱以後も、一貫して信長を支え、勝端城の戦いでは、三好家の驍将《ぎょうしょう》、七条兼仲《しちじょうかねなか》を討ち果たして、勝利を決定づける働きを見せた。

武勇に長《た》けていながら、傲《おご》るところはなく、陪《ばい》臣《しん》の利三に対しても、気さくに声をかけてくる。丁寧な物言いに恐縮してしまうほどだ。

「おう、忠三郎殿か」

利三は賦秀と馬を並べた。

「もしや、物見をしてきたのか」


「少しばかり。羽柴勢はすでに陣形を整えており、いつ攻めかかってきてもおかしくないかと」

「数は」

「後詰めまで含めて、二万五〇〇〇と見ました」

「そうか。少ないな」

やはり全軍を動かすことはできなかったか。

正親町天皇の勅旨《ちょくし》で、情勢は変わった。

羽柴勢に与える影響は大きかったはずで、兵の数が減ることは予想できた。

「確認できたのは、左の中川瀬兵衛と右の織田侍従様。蜂屋様も布陣しているようですが、はっきりしませぬ」

「十分だ。よくやってくれた」

利三は賦秀の腕を叩いて、賞賛した。

羽柴勢は、昨日の夕方、高槻城を出て、山崎の地に進出してきた。

山崎は、北に天王山と南に淀川にはさまれた隘《あい》路《ろ》で、西から京に入るためにはどうしても突破しなければならない要《かなめ》の地だ。天王山の張り出しが淀川の北岸までつづいており、街道は川沿いの狭い場所を抜けることとなる。

羽柴勢は、円明寺川《えんみょうじがわ》の西に進んで、軍勢を整えている。正面に展開しているのは一万五〇〇〇程度であろう。

あとは、天王山周辺で軍勢が動いているのが確認されている。

今のところ、敵の動きは想定と同じで、味方の対処も順調に進んでいる。

「数は五分か。あるいは、こちらが少し上回っているか」

「味方が増えたのはよかったかと」

「羽柴勢の動きが鈍ったからな。何とか味方の到着が間に合った」

あと一日、秀吉が早く進出していたら、手持ちの兵は二万を切っていたかもしれない。きわどいところで間に合った。

「これも、あの男の粘り勝ちか」

状況が好転したのは、あの信長が京に留まっていたからだ。あくまで退《ひ》かなかったからこそ、丹羽長秀と接触することができ、最終的には天皇の勅旨を引き出した。

それを考えれば、利三が二条城に攻め込んだのは失敗だった。あの場で討ち果たしていたら、織田勢は内部から崩壊していて、今頃は利三も光秀も首を取られていた。

刃《やいば》を向けたにもかかわらず、あの信長は利三を許し、決戦への参加を認めてくれた。

激怒する光秀に、主君を思う気持ちから出たことでやむをえないとかばってくれただけでなく、悪いと思うのならば戦働《いくさばたら》きで返してくれとまで言ってくれた。

利三に対して悪意を持っていないことは確かだ。そこまで言われたら、功をあげるしかない。

利三は、この山崎の戦いにすべてを賭けるつもりだった。万が一のことがあっても、それは、やむを得ない。

「では、斎藤様、手前は戻ります」

「頼むぞ」

賦秀は、信長の下知に従って、味方の右翼に進出することが決まっていた。

彼の武勇ならば、間違いはないだろう。

利三は馬を前に出した。

味方は陣形を整えて、敵が迫るのを待っている。

時は辰《たつ》の刻《こく》。

動き出しはいつになるか。

風が吹いて、砂埃《すなぼこり》があがり、それがはるかな高みに消え去る。

視界が急速に開けたその時、前方から大きな声があがった。

二

一二月一八日　山崎

喊声《かんせい》を聞いて、羽柴秀長は、思わぬ形で合戦がはじまったことを知った。

「どうなっている」

秀長が馬を出すと、左翼前方で軍勢がさかんに鉄砲を放っていた。

次いで、騎馬武者の一団が川を渡って、正面の織田勢に迫っていく。

　数はおよそ二〇〇。

　中川清秀の手勢だ。

「誘われたか。あれほど挑発に乗ってはならぬと申したのに」

　羽柴勢は、織田勢が先手を取りたがっていると見て、敵の攻撃を受け止めて、戦力を削り取ってから反撃に転じる策を取っていた。

　地形の都合で、正面に展開している軍勢は一万五〇〇〇に過ぎず、積極的に仕掛けるには厳しかったので、当初は守勢に回り、敵が隙《すき》を見せたところで攻勢に出て、敵陣の奥深くまで進出するのが最適だった。

　秀長は左翼に展開して、正面の敵を押さえつつ、天王山に向かう勢力を把握する任務を負っていた。

　慎重に動くべきと孝高から言い含められていたので、秀長は味方の動きを最小限にして、相手が動き出すのを待っていた。

　それが中川勢の渡河でおかしくなった。追従しなければ、秀長勢の右が開いて、敵につけ込まれてしまう。

　織田勢とは円明寺川をはさんで向かい合っていたが、ここのところ雨の少ない日々がつづいていたこともあり、川の水量が減っていた。

　いつでも渡河できる状態にあったからこそ、織田勢に釣り出されて、中川勢が仕掛ける形になった。

「仕方ない。押し出せ」

　秀長の下知を受けて、陣太鼓が轟《とどろ》き、二〇〇〇の兵が前に出た。

　鉄砲を放って敵を押さえている間に、騎馬武者が浅瀬に向かう。

　声があがって、味方が大きく前進したところで、銃声が響いた。

轟音《ごうおん》が大地を叩き、武者が馬から落ちる。

たちまち川の水が赤黒く染まる。

敵の数はそれほどでもないが、うまく鉄砲を集めて、急所をえぐってくる。腹立たしい戦法だ。

「筒井勢が、ここに出てくるとはな」

前方で、諸手《もろて》梅鉢《うめばち》の軍旗が揺らいでいる。

思いのほか前に出て来ており、大将が自ら采配を振るっていることが見てとれる。

筒井順慶の手勢だ。

順慶は大和筒井城の領主で、一度は城から追い出されるという苦境に立たされたが、自ら奪還し、その後は信長に臣従、松永久秀《まつながひさひで》と戦って大和の平定を成し遂げた。

光秀との関係が深く、与力として長く働いたことから、京の騒乱で光秀が京に入ると、行動を共にすると思われていたが、これまでは大和を動かず、様子見に徹していたのに……。

秀吉が書状を出すと、好意を示して、軍勢を動かしてもよいと返事を出していた。

なぜか、今は敵に回って、羽柴勢と戦っている。

理由《わけ》がどこにあるのか、考えるまでもなかった。

「朝廷が裏切らなければ、こんなことには……」

正親町天皇は秀吉の布告を否定しただけでなく、信長に逆らう者は我の敵であるとまで明言した。

朝廷を守るのは信長であり、京に留まり、御所を守る姿勢をありがたく思うと述べられては、どうすることもできない。

これで、それまで中立を保っていた勢力が一気に合流し、敵の戦力は倍増した。

一方、羽柴勢は、兵力を減らして苦しい立場に追い込まれた。

本来だったら、一七日におこなうはずだった合戦も、内部分裂から軍勢を動かすことができず、一日遅れとなった。

高山重友《しげとも》が行動を共にすることを拒み、若狭三人衆も分裂した。摂津衆も大半が引き上げてしまい、山崎の地に進出できたのは二万五〇〇〇に過ぎなかった。

それでも秀吉は退《ひ》くことはせず、織田勢との合戦を望んだ。

ならば、秀長も行動を共にするだけだった。秀吉の元を離れるなど考えられない。

「我は戦うだけだ」

考えるのは秀吉と孝高がやればいい。

やるべき事を忠実にやり遂げ、よい結果が手に入るように仕向ける。今はそれだけだ。

「押し負けるな。攻め込め」


鉄砲が筒井の陣地に放たれる。

二度、三度とつづくが、戦果はあがらない。

騎馬武者の先鋒が渡河すると、筒井の騎馬勢が現れて、右翼方向から仕掛けてきた。

数はおよそ二〇〇。

馬群が激突して、槍の打ち合う音が響く。

敵味方が激しくもみあい、馬が右に左に回る。

槍にやられて、騎馬武者が落馬する。

その身体は馬に踏みにじられて、そのうちに動きが止まってしまう。

後続の騎馬武者も次々と討ち取られていく。

筒井勢は数の優位を生かして、秀長勢を押していた。

うまくない。

右翼の中川勢に引きずられるようにして、中途半端に進出したのが失敗だった。

筒井勢の右翼、秀長から見て左翼の部分は軍勢がおらず、迂回して側面を突くことができれば、戦局を変えることができるが、その余力はない。

後方には堀秀政の三〇〇〇がおり、さらに、その後方には、秀吉が率いる七〇〇〇の兵がいるが、これを前線に回すには時がかかりすぎる。

逆に、秀長の右翼がねらわれそうで怖い。

黒田勢は天王山に進出しておらず、羽柴勢の側面を抑える兵力は存在していなかった。

「どうするか」

守りに徹するはずが、中途半端に攻めに入ってしまった。被害が大きくなる前に態勢を整えたいところであるが……。

秀長が迷っているところで、声があがった。

「敵が来たぞ。細川勢だ」

秀長が視線を転じると、砂埃をあげる騎馬武者の一団が見てとれた。

まだ距離があって、旗印は見えないが、細川勢に間違いないだろう。

細川藤孝、忠興《ただおき》の親子が織田勢に加わっていることは、すでに聞かされていた。その数は三〇〇〇である。

筒井に加えて、細川勢も前線に出て来た。

山崎の戦い、これで流れが大きく変わることは間違いなかった。

三

一二月一八日　秀吉本陣

駆け込んでくる使番《つかいばん》の報告を聞くたびに、秀吉は顔を歪《ゆが》めていた。

吉報は一つもなかった。

すべてが味方の不利を告げるものであり、何とも腹立たしい。

福島正則が前線から戻ってきた時も同じだった。

最悪の知らせに、思わず毒づいてしまう。

「小一郎め。中川には気をつけろと申しつけておいたのに」

秀吉は床机《しょうぎ》に腰かけたまま、扇子で膝を叩いた。

「あやつは勝手し放題なところがある。焦《あせ》ると何をしでかすかわからぬので、うまく押さえるように話をしていたではないか。なのに、突出させてしまうとは。工夫が足りぬわ」

「それでも、小一郎様は、中川勢の左翼に張り出して、敵に付けいる隙《すき》を与えませんでした」

正則は、秀吉の前で膝をついたまま応じた。

「織田勢が激しく攻めたてましたが、いまだ崩されることなく、味方を支えています。うまくやっていると手前は見ました」

「それだけでは駄目なのだ。勝つのであれば、最良の働きがいる。無理をしているのは、我らなのだからな」

正則は無言で頭を下げた。彼もまた状況をよくわかっている。

羽柴勢は追い込まれている。

京からの凶報は、すべてを変えてしまい、それまでの優位は完全に吹き飛んだ。

まず、丹羽長秀が敵に回り、大坂で後方から秀吉を脅かす動きを見せた。直《じか》に攻めてはこないが、情勢次第で退路を断つつもりで、兵を展開している。

ついで高山重友が京への進出を拒んだ。信長が本物である以上、逆らう理由はないという理由で、高槻城に留まる旨を示した。

秀吉は話し合ったが、結論は変わらなかった。

結局、重友を残しての出陣となったが、万が一に備えて二〇〇〇の兵を残さねばならず、それだけ前線に投入できる戦力は減ってしまった。

山崎での陣立ても大きく変わり、円明寺川の西に布陣したのは秀長、中川清秀、池田教正《のりまさ》、蜂屋頼隆《よりたか》、織田信孝の手勢で、予備として堀秀政の三〇〇〇を残した。

秀吉の本陣はその後方であった、前線から遠く離れていたが、それは高槻の重友が万が一の行動を取った時に備えてのことだった。

天王山には黒田孝高の三〇〇〇を送ったが、これにしても、本当は秀長の兵とあわせて、六〇〇〇にするつもりだった。

孝高は戦《いくさ》巧者であるが、天王山を押さえるには数が少なすぎる。

兵が十分にあれば、天王山を保持した上で、円明寺川をはさんでの戦いに集中し、先手を取って攻めたてて、偽信長勢を突き崩すことができた。

味方の兵は減り、敵に増援が来る流れでは、積極攻勢に出るゆとりはない。

「筒井勢が出ているというのは、誠《まこと》か」

「確かです。小一郎様の手勢が痛手を受けました」

「どれだけ日和見《ひよりみ》なのか。こうも簡単に敵味方を変えるようでは、とうてい当てにはできぬな」

筒井順慶との関係は良好であると思っていただけに、変節して織田に味方していると聞いた時には驚いた。

他にも掌《てのひら》を返している者はいるだろう。合戦の最中に裏切る者が出ることも考えられ、秀吉は安心して采配を振るうことができなくなっていた。

「どうなさいますか」

「どうもこうもない。まずは守りに徹するよりあるまい。向こうが崩れてくれなければ、突破はできぬ」

「されど、相手はあの明智日向でございます」

正則の顔色は青かった。

「戦上手で知られております。たやすく崩れることはないかと」

「わかっておる」

丹波攻略の際、光秀が見せた手腕は見事で、山間の狭い地域に敵を引きずりこみ、鉄砲や弓矢を使って細かく兵力を分断した上で撃破した。

大軍を自由自在に操る技量は織田家中でも際立っており、柴田勝家や滝川一益も凌駕《りょうが》する。

秀吉は攻城戦は得意であるが、野戦、しかも正面切っての戦いには苦手意識を持っていた。

野戦は咄嗟《とっさ》の判断が必要であり、兵学を学んだことのない秀吉は、その感覚に自信を持つことができずにいた。

光秀は正統派の武人であり、戦の知識、技量ともに卓越している。互角の兵力で戦うのはむずかしい相手であり、それがわかっていたからこそ、調略で味方を増やし、数で圧倒するつもりだった。

それは半ば成功しており、当初の計画どおりならば、三万の味方に対して、明智勢は一万五〇〇〇程度になるはずだった。

それが最後の瞬間に崩れて、双方の兵は二万五〇〇〇となり、数の優位は失われた。想定外もいいところだ。

彼方から声があがって、秀吉は顔をあげる。

前方、おそらく蜂屋頼隆の陣地と思われるところで、動きがあった。

だが、秀吉の本陣からは遠く、何が起きているのか把握することはできない。

「手前が見てまいります」

「待て、本陣を前に出す。留まっていても、何も変わらぬ」

高槻の情勢は気になるが、それにこだわって、この山崎での戦いに負けたら、何の意味もない。主力を後方で遊ばせている余裕はないのだから、今は前に出るべきだ。

秀吉が立ちあがって下知を出すと、使番が陣中に飛び出していく。

「市兵衛、おぬしは蜂屋殿の陣に行け。無理して攻めずに、守りに徹するように伝えるのだ」

「御意《ぎょい》」

「よいか。必ず、好機は来る。それまでは耐えるようにと……」

秀吉の言葉は、そこで途切れた。若い武者が現れて、彼の前で膝をついたからだ。

「申しあげます。織田侍従様、円明寺川を渡り、武田元明《もとあき》の手勢を攻めたてております」

「何だと、右翼でか」

「蜂屋様は止めたのですが、聞いてもらえなかった模様。今、侍従様は深く敵陣に踏みこんでいます」

「馬鹿なことを。勝手なことをされては困る」

味方が勝手次第に攻めたてて、どうするのか。

秀吉は指が掌に食い込むぐらい手を握りしめつつ、新しい指示を出した。

四

一二月一八日　円明寺川東岸

織田信孝は、無理矢理に馬を走らせ、敵味方が槍を打ち合う原野に乗り込んだ。

織田木瓜《もっこう》の旗印を見て、敵兵がざわめく。

ここで出てくるとは思わなかったのだろう。

信孝は声を張りあげる。

「偽物《にせもの》に手を貸す愚か者よ。この織田侍従が相手いたすぞ。さあ、かかって参れ」

行く手に立ちはだかるのは、若狭武田家の手勢である。

当主の孫八郎元明は、家督を嗣いだ後、うまく国衆をまとめきれなかったため、織田に臣従して、丹羽長秀の与力となった。

家柄はよいが、能力はなく、誰かに仕《つか》えていかねば生きていけない愚か者である。

信孝が秀吉の命令に逆らって渡河したのも、元明の手勢ならば軽く撃破できると見てのことだ。

守りに徹していても、何も変わらない。

とにかく攻めて、京に入る。信孝はそのためには何でもするつもりだった。

「来ぬのならば、こちらから行くぞ」

信孝が馬に気合いを入れる寸前、黒ずくめの武者が現れて、行く手を遮《さえぎ》った。

目立たない色のはずなのに、自然と目を引きつけられてしまう。牛角十文字の穂先をつけた槍を持つ姿は、鬼神のような迫力を持つ。

鋭い視線が信孝を射抜く。主君の家臣であるはずなのに、まるで気にした様子は見せない。

「おぬし、蒲生の小せがれか」

顔には見おぼえがある。淡路攻略の直前に顔をあわせて、少しだけ話をした。

「蒲生忠三郎賦秀。お相手いたしましょう」

「よく言う。あれだけ父上に可愛がっていただきながら、偽物に味方して、我に刃向かうとは。恥ずかしくないのか」

「朝廷は、本物と認めております」

「何を言うか。あんな男が本物であるはずがない。けだし、日向が入れ替えたのであろう」

九月に安土で顔をあわせた時、信孝に対して、驚くほど冷たい態度を取った。

やさしい言葉は何一つもなく、讃岐を与えるという約束もなかったことにされ、さながら塵芥《ちりあくた》のように城から放りだされた。

何かあったとは思っていたが、まさか偽物に変わっていたとは。思いも寄らなかった。

賦秀が出てきたのは、幸いだ。鬱憤《うっぷん》を晴らすにはちょうどよい。

「では、行くぞ」

信孝は槍をかざして、賦秀に挑んだ。

激しく上段から打ちこみ、その兜をねらうが、賦秀はそれを軽々と打ち払った。

逆にすさまじい突きが来て、右の袖が切り裂かれる。

次の一撃では、左の袖が斬られた。

信孝は反撃するも、穂先はまるで届かない。

子どもの相手をするかのように、賦秀は信孝の攻めをあしらっている。

それがわかるだけに、腹がたつ。

信孝は馬を思いきり寄せると、その顔面をねらって一撃を放つ。

捕らえたかと思ったところで、穂先を横から叩かれ、信孝は槍を落とした。

追撃を怖れて、信孝は馬を下げたが、賦秀は追ってこなかった。

「拾われるがよいかと。よい品なので」

突き放した口調に、信孝の血がたぎった。太刀を引き抜いて、賦秀に迫る。

背後から声がしたのは、その直後だ。

「止められよ。腕の違いがわかりませぬか」

信孝が振り返ると、騎馬武者の一団から茶の具足を身につけた武者が姿を見せていた。

毛利新左衛門良勝《しんざえもんよしかつ》だ。桶狭間の合戦にも参加した歴戦の強者《つわもの》で、京の騒乱では信忠を守って二条城で戦っている。

何かと文句ばかり言うので、信孝は嫌っていたが、追い払うこともできず、放っておいた。


良勝は馬を並べた。

「蒲生忠三郎は、あの七条兼仲を倒したほどの武者。侍従様では相手になりませぬ」

「何を。あの偽物に」

「仕える相手が誰であろうと、変わりはありませぬ。強い者は強いのです。お下がりを」

「こんなところで退《ひ》いてはおれぬ。一刻も早く京に行かねば……」

「一人で飛び出しても、何もできませぬぞ」

良勝は大喝《だいかつ》した。

主君の子どもであっても、容赦はしない。それも信孝は気に入らなかった。

「勝手気儘《きまま》にふるまえば、味方の足を引っぱるだけのこと。手加減してくれたのですから、今はそれに甘えるのがよろしいかと」

良勝は信孝と馬を並べた。その視線は賦秀に向いている。

「侍従様のこと気にかけていただき、感謝する。遠慮がなければ、一撃で終わっていた」

良勝は槍を構えた。

「年寄りであるが、多少は歯応えがあろう。侍従様が逃げるまでお付き合いいただく」

「何を」

「お帰りくだされ」

良勝が槍でつつくと、馬は高くいないていて走り出した。信孝は懸命に手綱を振って、味方の陣地に頭を向ける。

振り返ると、良勝と賦秀が打ち合っていた。

双方ともに激しく槍を突き出していたが、どちらが有利であるかは、信孝の目にも明らかだった。

五

一二月一八日　円明寺川東岸

「来たか。明智勢」

蜂屋頼隆は、明智の足軽が隊列を組んで迫ってくるのを確認していた。

すでに鉄砲、弓矢による攻撃は終わり、彼我《ひが》の距離は半町もない。敵の足軽は長柄《ながえ》をそろえて、味方との間合いを詰めてくる。

川を渡ったばかりだが、幸い水深は浅く、濡れたのは膝下だけで済んだ。

冷たい風に吹かれて、足軽はさぞつらいであろうが、ここは攻勢を受け止めるしかない。

一瞬のためらいの後、頼隆は声をあげた。

「押し出せ。ここから先に行かせてはならぬ」

陣太鼓が響いて、足軽大将が下知を出すと、横列を組んだ長柄勢が前に出る。

明智の足軽も長柄を繰りだす。

双方が前に出たところで、穂先が重なった。激しい打ち合いがはじまる。

槍衾《やりぶくろ》をそろえての対決とはならず、双方ともに陣形がわずかながら乱れている。

右翼での撃ち合いが激しくなっているのに、左翼では距離が開いており、不自然な形で押し込まれた蜂屋勢は陣形が大きく傾いていた。

味方の動きは鈍い。

どこをどのように攻めるべきなのか、いや、そもそも本当に攻めていいのか迷っており、それが判断の遅さにつながっている。

彼らの迷いがよくわかるのは、頼隆も同じ立場だからだ。うまくいっていないという自覚はある。

勅旨が出て以来、彼は、どのようにしていいのか、よくわからず、行動に迷いが出ていた。

秀吉は信長を偽物《にせもの》だと言い、頼隆もそれに同意したが、その思いを裏切るかのように、朝廷は今の信長を本物と認め、今後も支持する旨を明確にした。

実際、堂々とした態度は、信長らしく、阿波で下知を出す姿は本物と変わりなかった。

状況が混乱するにつれ、頼隆は、自分が信長の何を見ていたのかわからなくなっていた。

いったい、信長とは何だったのか。

敵を撃破し、我が道を突き進む覇王であったことは確かで、戦《いくさ》に邁進する姿は今でも記憶に残っている。

ただ、その一方で、甘言を好み、どこか自分を甘やかすところがある。依怙贔屓《えこひいき》が激しく、好みの家臣を手元に置きつつ、気に入らない人物は容赦なく排除した。

感情の起伏が激しく、機嫌の悪い時には、長く仕《つか》えていた家臣でも平気で罵倒した。

長い付き合いで、その人物像は把握していたと思ったが、改めて考えてみると、何もわかっていないことに気づく。

いったい、自分はどのような信長に仕えたかったのか。どうすれば、正しく自分の力を評価してもらい、出世につなげることができたのか。

それは、かつての信長ではなかった。特に、堕落した後は、近づきたくない相手になっていた。

むしろ、今のあの信長が本来、頼隆が望む姿に近かった。

正しく能力を判断し、功をあげれば、身びいきすることなく、恩賞を与える。機嫌の善し悪しで行動することもなく、ひたすら大きな世界を目指して前進する。

その姿を目の当《ま》たりにして、頼隆は偽物を敵と見ることができず、迷っていた。中味がどうであっても、自分を認めて、利益を与えてくれれば、それでかまわないのではないかと。

彼の家臣は信長に逆らうことで迷っていたが、頼隆は偽の信長に仕えてもよいのではと思うようになっていた。それが動きの鈍さにつながったのである。

正面で声があがり、あわてて頼隆が視線を戻すと、明智勢の突貫で、味方の方陣が突き崩されていた。

大きな歪《ゆが》みが中央にできており、それは時が経つにつれて大きくなる。

「いかん。このままでは抜かれる」

正面が崩れれば、全体が押し込まれて、蜂屋勢は後退を余儀なくされる。

ここで川に押し込まれるのは、何としても避けたい。

「押し返せ。我も行くぞ」

頼隆は自ら槍を取って、馬を走らせた。

先行した騎馬武者が側面をねらうが、すぐさま明智の騎馬武者が現れて、行く手を阻《はば》む。

敵は二〇騎で、鮮やかな横列を組む。

火縄の匂いが漂ってきたところで、頼隆は相手が何者であるか気づいた。

「騎馬鉄砲！」

阿波の戦いでも大きな戦果を挙げた、明智勢の切札だ。

「下がれ。やられるぞ」

その絶叫は、銃声に遮《さえぎ》られた。

硝煙の匂いが広がり、騎馬武者が馬から落ちる。

頼隆も腕に痛みをおぼえる。

うまくない。いったい、どうすればいいのか。

六

一二月一八日　信長本陣

「蜂屋勢、後退しました。斎藤内蔵助様が、なおも後を追っております」

妻木頼忠の報告を聞いて、一久は大きくうなずいた。

織田木瓜の陣幕を背負い、床机《しょうぎ》に腰を下ろす姿は、信長らしい所作を意識してのことである。

できれば最前線で督戦したいところだったが、

それは光秀から止められていた。頭を下げて懇願されては従わざるをえない。

その代わり、勝竜寺城に留まってほしいという願いは却下して、淀川のほとりにある段丘に進出して、戦《いくさ》の推移を見守っていた。

戦国の世に転生してから半年が経ち、血の臭いにもいつしか慣れていた。武者の荒々しさも、見ていて気持ちがよいと思える。

無惨に転がる死体を見ると、心がざわつくが、以前に比べると、平常心で接している。

「筒井勢はどうか」

一久の問いに、頼忠が応じた。

「押しています。羽柴秀長の左翼を押して、中川勢との間に入り込んでおり、間に割って入ることができれば、大きく戦は動くかと」

「敵はまだ数を減らしておらぬ。油断は禁物であるぞ」

「こ、これは失礼を」

「よい。おぬしの見立てを聞くのはおもしろい」

一久は笑った。

頼忠は物見としての才に長《た》けていて、状況を正しく捕らえ、報告してくれる。その説明には過不足がない。

その上で、彼自身の解釈を加えるのであるが、それが独特で、一久の興味を引いた。

「右翼はどうか」

「織田侍従様は踏みとどまっております。ただ、無理をしたせいか、その数を大きく減らしており、武田様の手勢を押し返すことができずにいます。後詰めも遅れており、陣形は乱れつつあります」

「信孝はどうしている」

「川の東側におります。怪我はしておらぬかと」

「そうか」

あの我《わ》が儘《まま》息子は健在か。

怪我でもしてくれれば、話は早かったが、思ったとおりにはいかない。

「行け。次は天王山だ」

「御意《ぎょい》」

頼忠は、頭を下げて去っていく。

一久は立ちあがり、正面の戦場を見つめる。

距離が離れているので、細かい動きはよくわからないが、中央と左翼で、敵味方が激しく入り乱れて戦っているのがわかる。

とりわけ左翼は激しく押しており、淀川に沿うようにして兵が前進していく様子が確認できた。

戦がはじまってから一刻《いっとき》。双方は激しく激突し、今のところ退《ひ》く気配はない。

血と死の香りは、途切れることなくつづく。

「まさか、こんな形で、山崎の戦いがはじまることになろうとはな」

思わず一久はつぶやいてしまうほどに、感慨深い戦いが目の前でつづいている。

彼の知っている山崎の戦いは、本能寺の変を受けて秀吉が備中から戻ってきた時がはじまりだった。

兵力は秀吉は三万で、迎え撃つ光秀が一万五〇〇〇。

秀吉は、信長の敵討ちという名目をたて、織田信孝、丹羽長秀、蜂屋頼隆を味方にし、軍勢を整えた上で、京に向かうことができた。

一方、光秀は、混乱から味方を立て直すことができず、頼みの筒井順慶や細川親子にも見限られて、準備も満足にできない状況だった。

日が傾く頃からはじまった戦は、夜が深くなる前に明智勢の敗北で終わった。

光秀は近江坂本《さかもと》への退却を試みるが、途中の小《お》栗栖《ぐるす》で農民の手にかかって、無惨な最期を遂げた。

山崎の戦いは、光秀にとっては三日天下の終幕を飾る戦で、秀吉にとっては今後の飛躍するきっかけにもなった大一番だった。

その因縁の地で、光秀と秀吉が激突するとなれば、気持ちが高ぶるのは仕方がない。

しかも、今回は史実の山崎の戦いとは、兵力も情勢がまるで違う。

一久は息をつく。

風が横から吹きつけ、視界が煙る。

「さて、どうなるか」

光秀の適切な陣立てもあって、今のところ、織田勢が優位に戦いを進めている。

右翼の中川勢と左翼の信孝勢が押し込んできたところを斎藤内蔵助と武田元明が迎え撃ち、大きな打撃を与えることができた。

水量が減っているとはいえ、渡河には負担がかかる。そこをうまくついた。

鉄砲も効果的に使うことができ、騎馬武者の進撃をことごとく食い止めている。

「問題は、この先か」

一久は空を見あげる。

視界に、埃《ほこり》を思わせる影がちらつく。

雪だ。

先刻から降りはじめていたが、ここへ来て量が増えつつある。風が吹くと、舞いあがって、甲冑《かっちゅう》にまとわりつく。

雪が強くなれば、鉄砲の使用には制限がかかる。道も泥濘《ぬかる》み、将兵の移動には手間取る。

その結果、戦いの流れが変わっても、不思議ではない。

そこで、一久は視線を転じた。

「十次郎はどう思うか」

問われて、傍《かたわ》らで膝をついていた明智光泰が一久を見た。

「雪が気になります。鉄砲が使えない上に、軍勢の動きもつかみづらくなりますので」

意を察して、即座に答えるあたりに、勘のよさを感じる。物の道理もよく見えている。

「羽柴勢の動きも変わってきましょう」

「その羽柴勢だが、おぬしはどう見る。あいかわらず攻めつづけておるが」

「手前には、迷っているように見受けられます」

光泰は立ちあがり、前線に目を向けた。

「中川勢にしても、侍従様にしても、回りのことを考えず、勝手に前に出たように見えます。さながら端《はな》から決まりなどなかったかのような動きで、いささか奇妙かと」

「であるか」

「一方で、それを助けるべき、秀長勢や蜂屋勢の動きは鈍くなっています。戦いを避け、被害を減らそうとしているかのようです。攻めるならば攻める、守るなら守る。そうして、やり方をはっきりさせねばならないのに、それがうまくいっていません。誰もが勝手次第で、いったい、何をねらっているのかまったくわかりません」

「それが迷っている証《あか》しか」

光泰の意見は明快だった。

敵の動きが鈍いことは、素人の一久にもよくわかった。蜂屋勢は押しているのか、退いているのかわからないように感じられる。

原因はよくわからない。ただ、正親町帝の勅旨《ちょくし》が影響を与えたのは間違いないだろう。

一久すら内々に話を聞かされた時には、衝撃を受けた。羽柴勢をゆるがすのは当然だ。

勅旨を引き出すことができたのは、丹羽長秀が手を貸してくれたからである。彼の積極的な行動が帝《みかど》を動かした。

ふと、一久は、合戦の直前、長秀と会って話をした時の事を思いだした。

あの時の長秀の言葉は、驚くほど重かった……。

「貴殿が偽物であることは、端からわかっておりました」

出陣の直前、京で顔をあわせた時、丹羽長秀はそう語った。いきなりのことで、一久としては口をはさむゆとりもなかった。

「ただ、なぜ、入れ替わったのか、それがわからず、様子を見ておりました。明智日向の策謀であることも考えられましたので」

「そうであろうな」

「故《ゆえ》に、手間をかけ、貴殿が何者なのか確かめさせていただきました。何を考え、何を目的として動いているのか。織田をこの先、どうするつもりなのか。家臣の扱いはどうなっているのか。筑前の味方についてからも、ずっと見させていただきました」

「それで、今はどう思っている」

「入れ替わったのは、天の配剤と思っております」

長秀はためらうことなく言い切った。

「上様が政《まつりごと》を放りだしていたことは事実。あのままならば、織田は一年と経たずに内から崩れ、手前の命も危うかったかと」

長秀の発言に一久は驚いた。そこまで彼が追い込まれていたとは思わなかった。

織田家の内情は、光秀から説明を受けた以上に悪かったのかもしれない。

「その上様が消え、貴殿になった。それは、天が堕落した上様を罰し、本来あるべき姿に戻したのではないかと考えました。上様がやるべき事をやらないので、無理に入れ替えたと。そう見れば、さながら狐憑《きつねつ》きのような話にも説明がつきます」

一久は否定も肯定もしなかった。

転生は偶然だと思っていたが、あるいは、彼自身も気づかない異様な意志が働いていたことも考えられる。物理法則で説明するには、あまりにもおかしな状況なのだから。

「だから、見定めておりました。貴殿が上様の後を継ぐのにふさわしい存在なのかと。上様の覇気をこの先も保っていけるのかと」

「どうだった」

「答えは出ておりません。ですが、貴殿が全国統一を目指して、精力を注いでいることは確か。我が身を危うい目にあわせても、一歩でも二歩でも踏みだし、戦っております。それは、かつての上様そのものでございます」

長秀は言い切った。

「帝にも言われました。おぬしの求めている信長は何だったのかと。それでわかったのです。手前は、より大きな世界を求める信長様が好きで、それを支えるためには、どんなに働かされても苦労を感じていませんでした。信長様が前を目指しているかぎり、手前はどこまでもついていこうと思いました」

「…………」

「貴殿は上様ではない。ですが、貴殿が織田の繁栄のため上様であろうとしているのは確か。そこに私欲はありませぬ。ならば、何の問題もありませぬ。世間が認める織田信長であろうとしているのなら、手前は最後までついていくつもりです」

「それが天の配剤ということか」

「さようで」

一久が信長でありつづけるかぎり仕える。長秀はそう語った。

逆に言えば、もし一久が天下統一をあきらめて堕落すれば、即座に見限り、矛《ほこ》を逆さにするということである。決断は重かった。

「あいわかった。ならば、できるだけのことはしよう」

堕落した信長になるつもりはない。天下を目指すことを長秀が求めるのであれば、それもよいだろう。

一久がその旨を伝えると、長秀は彼に従うことを改めて誓った。


別れ際、一久は、長秀に尋ねた。

「話しぶりからして、帝も儂《わし》が偽物であることを気づいているようであるが、どうなのか」

「わかっていると思います。その上での支持かと」

正親町帝も一久が信長であろうとしていることを認め、その上で彼に自分を守ることを求めてきた。

それは、帝が一久を認めるのと同時に、万が一、朝廷に逆らうようなことをすれば、真実を世間に知らせ、彼を追い込むことを示唆《しさ》している。

実にしたたかだ。

一久の思いに気づいてか、長秀は笑って言った。

「朝廷はおまかせを。いいようにはさせませぬ」

すべてを任せることを伝えたところで、会談は終わった。

去りゆく長秀の背中を思い出しつつ、一久は前方の山塊《さんかい》を見つめる。

煙る視界の先には、灰色の山がある。

大きく南に張り出した山塊は、この一帯では最も標高が高い。秀吉が見過ごすはずはなく、当然、兵を送り込んでいるはずだ。

天王山は、静かに彼らの行く手に立ちはだかっていた。

七

一二月一八日　天王山

声があがって、狭い山道から足軽が現れた。陣形を整えることもなく、五人、一〇人と現れて、槍を突き出してくる。

味方の迎撃は間に合わず、わずかに下がる。

黒田孝高の輿《こし》もあわせて後退した。

「やはり出てきたか」

孝高は顔をしかめる。

天王山は山崎の眼下ににらむ要衝《ようしょう》の地であり、制圧できれば、戦《いくさ》を有利に進めることができる。戦いが長引いた時、高所に陣地を確保できれば、後方の動きを把握しやすい。

孝高が自ら天王山制圧に赴《おもむ》いたのも、この地が重要であると判断してのことだ。

黒田勢三〇〇〇は、夜が明ける前から山に入り、眼下で戦いがはじまってもかまうことなく、天王山の制圧を目指していた。

うまくいけば、午後には山を下って、敵の左翼を突くつもりだった。

しかし、山頂に近い所まで迫ったところで、敵の攻撃を受けた。彼と同じく山頂を目指していたようで、文字どおりの鉢合わせだった。

孝高も、織田勢が天王山を押さえに来ることは読んでいた。知将の光秀が見逃すはずがなく、早々に兵を送り込んでくると見ていた。

しかし、それが細川勢とは。

予想の中で、最悪のものだった。

細川藤孝は足利義昭に長く仕《つか》えて、その教養の深さが有名であったが、武将としての才能にも優れており、本願寺との戦いや越前一向一揆《いっこういっき》征伐でも活躍している。信貴山城《しぎさんじょう》の戦いでは、織田の主力と協力して城を攻め、松永久秀を敗死に追いやった。

経験豊富な武将であり、たやすく打ち破ることはできない。

しかも藤孝はかつて勝竜寺城の城主であり、周辺の地形には精通していた。それも孝高には不利だった。

黒田勢が下がるのにあわせて、細川勢がゆるやかな斜面を登って現れ、長柄《ながえ》で攻めたててきた。

一〇人程度の兵がかたまって、無理に槍を振りあげることなく、ひたすらに突いてくる。

木々が密集していて、大きな陣形を組むことができない状況では、少人数での戦いが効果的である。そのあたりも藤孝はよくわかっている。

「無理をするな。退《ひ》け。退いて引きつけろ」

混戦の最中、孝高が指示を出すと、右翼の兵が後退して、敵兵を引きずり出した。

細川勢が縦に伸びたところをねらって、横合いから騎馬武者で攻めたてる。

足軽がつづけざまに倒れたが、それも長くはつづかず、すぐさま横列を組んで、騎馬武者に長柄を向けてきた。

数少ないこともあり、黒田勢はそれ以上、攻めたてることができなかった。

「これは、まずい」

天王山の制圧に手間取れば、側面から織田勢を圧迫することができず、秀吉の主力は苦境に追い込まれる。

戦いがはじまってから一刻《いっとき》が経つが、戦況は芳《かんば》しくない。直《じか》に見ていなくとも、それはわかる。

戦う前から、羽柴勢には統一感がなかった。

偽信長打倒の旗印が勅旨によって崩され、目的がぼやけてしまったのである。

中川清秀のように自分の利益を追求する者もいれば、織田信孝のようにあくまでも信長を偽物と定めて、その打倒に闘志を燃やす者もいる。

一方で、蜂屋頼隆や高山重友のようにひどく迷っていて、軍勢を動かすことをためらう者もいた。

秀吉が言葉を並べても響かず、味方は思惑が分裂したまま山崎に進出しており、それが実際の戦いにも影響している。

このような状況下で勝つために必要なのは、常に優勢に立って、味方に勝てると思わせることだった。

多少の迷いがあっても、勝利して恩賞が手に入るとなれば、目の前の戦いに集中し、織田勢と互角に渡りあってくれる。

天王山の制圧は、優勢を確保するための必須条件だった。それがわかっていたからこそ孝高は、急ぎ兵を動かしたのであるが、細川勢に先んじることはできなかった。

「殿、無理はなさいますな。ここはお引きを」

栗山利安が声をかけてきた。激しい雪がその顔に吹きつける。

「細川勢は、後方に回りつつあります。我らの知らぬ間道を使っているようで、このままでは退路を断たれるかと」

「何を言うか。ここで下がってしまったら、味方は打つ手をなくす。無理をしてでも抜かねば」

「ですが、敵の動きはすばやく……」

「そこにいるのは、黒田官兵衛か」

空気を切り裂く大声に、孝高が顔を向けると、栗色の具足に身をつつんだ若武者が姿を現したところだった。あえて面当《つらあ》てをせず、馬上にたたずむ姿は凜々《りり》しさを感じる。

雪がついた兜《かぶと》には山鳥の立物《たてもの》がある。

彼の前に立ったのは細川与一郎《よいちろう》忠興。藤孝の息子であり、光秀の娘婿《むすめむこ》である。

勇猛果敢なことで知られ、下知を無視して突進し、騒動を起こしたこともあった。

息子の黒田長政《ながまさ》と共に、この先の活躍が期待できる若武者だった。

それが、ここで現れるとは。

「上様に逆らう不届き者。恥を知るなら、ここで下るがよい」

「偽物に仕えていて、よく言う。おぬしこそ恥ずかしくはないのか」

「上様は、合戦の前、我らの手を取り、駆けつけてくれたことを喜んでくれた。あのふるまいに偽《いつわ》りはない」

忠興には、あの信長の態度が本物に見えたのか。

そこまで似せることができたのか。

それとも、偽物の所作こそが、皆が望む信長の姿そのものなのか。

たとえ偽物でも、それを本物だと思ってみれば、区別することはできない。

「許しを請《こ》う気はないか」

「偽物は偽物よ」

「わかった。ならば、その首、置いていけ」

「そうはさせぬ」

忠興の槍を利安が防いだ。

「下がってくだされ。ここは手前が……」

「邪魔をするな」

忠興が槍を振りおろし、それを利安が食い止める。激しくなる両者の戦いを、孝高は輿に乗って後退しながら、ただ見ているしかなかった。

八

一二月一八日　円明寺川東岸

「これは、まずいぞ」

福島正則は、味方が押し込まれているのを感じとっていた。

右翼に新しい敵が姿を見せ、鉄砲をうまく使いながら、味方の足軽を突き崩している。

攻めているのは明智の騎馬武者で、撃っては下がるの繰り返しが実にうまい。

右翼が突き崩されたことで、中央の長柄勢《ながえ》に不安が広がり、陣形が大きく乱れた。一部は後退して、せっかく渡った円明寺川に戻りつつある。

ここで押し返さないと、大変なことになる。正則は、直感で、その事実を悟った。

「動ける者、ついてこい。押すぞ」

正則が馬を出すと、一〇騎がそれにつづいた。

彼がねらったのは、長柄勢の側面だった。

騎馬武者が離れていて、無防備になっている今ならば、突き崩せると見てのことだ。

正則は声をあげて、織田勢に迫った。勢いを殺さずに激突し、容赦なく槍を振るう。

足軽が頭を打ち砕かれて、雪の大地に倒れる。

その横にいた年寄りの兵も、正則に喉をつらぬかれ、血を噴き出しながら前のめりに崩れる。

彼につづいた武者も足軽を次々に倒して、織田勢の進撃を食い止める。

返り血で具足が真っ赤になったところで、正則は一時、下がった。

長柄勢の側面を突いて勢いを削いだものの、味方が劣勢であることには変わりがない。

右翼の信孝勢は三分の一が円明寺川に押し込まれていたし、左翼の秀長勢も、その横の中川勢に引きずられる形で後退を余儀なくされていた。

正則が助けた蜂屋勢は奮闘していたが、無理をしたことで突出する形になってしまい、織田勢から集中的に攻撃を受けている。

踏みとどまりながらも後退しているというのが現状であり、今のところ逆転の策は見いだせずにいる。

「天王山はどうしているのか。官兵衛殿は」

横殴りの風雪に隠されて、山の形はぼやけて見える。木々の揺れも、細かいところはわからない。

手《て》筈《はず》によれば、黒田勢が天王山を制し、横合いから織田勢を攻めるはずだった。敵が動揺したところで、秀吉が本陣を前に出して勝負をつけるのが当初の策である。

それまで前線では無理して仕掛けず、様子を見るはずだったのであるが、すべての予定が狂っている。渡河したことも、織田勢に押し込まれていることも当初の計画にはなかった。

まだ織田には余力がある。

光秀の本隊が姿を見せていないのに加えて、最前線の筒井勢、斎藤勢も大きく兵を減らすことなく、羽柴勢を食い止めることに成功している。

本気で押してきたら、どうなるか。

最悪の予感が走ったところで、正則は懸命に頭を振った。

「つまらぬことを考えるな」

先のことは秀吉や孝高が考えればよい。今の自分がやるべき事は、槍を振るうことだけだ。

正則は唇を結び、再び長柄勢を見つめる。

背後から声がしたのは、その時である。

「おう、そこにいるのは、筑前の腰巾着《こしぎんちやく》ではないか。久しいな」

逆巻く粉雪を背後に背負いながら、若武者が姿を見せた。手には、朱塗りの槍がある。

「五月に、京で喧嘩したな。あの時には世話になった」

「おぬし、明智の小せがれか」

「明智十五郎光慶。羽柴の暴虐を叩きのめすため、伯耆の地からはせ参じた。その首、取られたくなければ、早々に逃げ帰るがよい」

山陰で吉川勢と戦っていた光秀の息子が、この山崎の戦いに加わっていたのか。

年齢が近いこともあって、正則は光慶を強く意識していた。五月に明智勢と小競り合いを起こした時には、光慶とにらみあい、危うく刃傷沙汰《にんじょうざた》になりかけた。

大名の息子である光慶に対して、正則は職人の息子である。出自の差から出る劣等感は、いつまでも心に残って消えることはない。

正則は怒りで血をたぎらせつつ、槍を構えた。

「何を抜かすか。ならば、その首、こちらでいただく」

「やれるものなら、やってみよ」

「大口は身を滅ぼすぞ」

正則は槍を打ちかけ、光慶は防いだ。

切り返しで第二撃を繰り返そうとしたところで、今度は光慶に攻められて、正則が下がる。

思ったよりも腕はたつ。強敵だ。

激しく槍を打ち合いながら、二人は円明寺川に迫っていく。

喊声《かんせい》があがり、織田勢が前に出る。

蜂屋勢はそれを受け止めたが、力強さに欠けており、押されるがままに後退に入った。

九

一二月一八日　円明寺川西岸

「どけ。邪魔をするな」

秀吉は声を張りあげる。

狭い道に将兵が入り乱れて、動きが取れなくなっている。行く手を遮《さえぎ》っているのは堀秀政の手勢であり、こちらの意図がうまく伝わっていなかった。

「下がれと言っている。陣を入れ替えるゆえ、後ろに回れ」

秀吉は自ら指示を出したが、肝心の堀秀政が近くにおらず、軍勢は止まったままだった。

前線からは喊声が絶え間なく響き、緊迫している様子が伝わってくるのに、何もわからず、ただ立っているだけとは。

「かまわん。押しのけろ。とにかく行け」

秀吉が指示を出すと、騎馬武者が前に出て、堀秀政の兵を馬で弾き飛ばした。足軽が倒されても、気にすることなく突き進む。

それにつづいて足軽も前に出ていく。

混乱はつづいていたが、それを無視して秀吉の本隊は前線へと突き進んだ。

「ここで押さねば、我らは負ける」

前線からの知らせは、悪いものばかりだった。

信孝は押し込まれ、蜂屋は味方との連携を欠いて、孤立していた。秀長と中川もまるで機能せず、池田勢は一部を渡河させただけで、合戦にほとんど参加していなかった。

天王山の孝高も苦戦していた。報告が一度だけという事実が、それをよく示している。

山頂に立つはずの旗が見えないのも、雪のせいだけではあるまい。

羽柴勢は、全戦線で押し込まれている。

将兵は損耗し、現在、羽柴勢の右翼はひどく手薄だ。

秀吉の思惑とはまるで違う。追い込まれるにしても、あまりにも早過ぎる。

本来ならば、先に渡河するのは織田勢であり、羽柴勢はそれを迎撃し、押し返す手筈だった。つまり、織田がやっていることをやるつもりで、十分に敵を削ってから渡河すれば、互角以上に戦うことができた。

立て直すには、秀吉が前に出て、采配を振るうしかない。信長や光秀の本隊が動いてからでは遅すぎる。

「どけ、どけ」

秀吉は馬の腹を蹴り、味方を追い越して、さらに前進する。

円明寺川に近づいたところで、軍勢が後退する情景が視界に飛び込んできた。

蜂屋頼隆の旗印が見てとれる。

「どうしたか」

秀吉が声をかけると、後退してきた足軽が顔を歪《ゆが》めて応じた。

「明智勢です。日向の兵が押してきました」

「何だと、ここでか」

後退する味方の向こう側に、水色桔梗《ききよう》の旗が見てとれる。光秀の兵だ。

騎馬武者の一団はすでに渡河を終えており、逃げ惑う蜂屋勢を追い立てていた。槍でつらぬかれる姿が見てとれる。

「あれは、市兵衛か」

雪で視界は悪いが、見なれた兜《かぶと》の武者が明智勢と戦っていた。

状況が悪いにもかかわらず、懸命に前線に踏みとどまって、味方を支えている。

「市兵衛を救え。無駄死にさせてはならぬ」

秀吉が馬上で指示を出すと、周囲の騎馬武者がいっせいに駆け出し、蜂屋勢を押しのけて、正則の背後に回った。

明智勢はなおも正則を追っていたが、騎馬武者が前に出てくるのを見て、後退した。

正則は馬首を返して、戻ってきた。

「これは、殿。わざわざ、このようなところまで」

「無事でよかった。ずいぶんと血まみれであるが」

「返り血でございますよ」

正則は笑った。甲冑《かっちゅう》のみならず、面当《つらあ》ても赤黒く染まっていて、地獄の鬼を思わせる風体《ふうてい》になっている。

「戻りませぬと」

「しばらくはよい。他の者にも働かせてやれ」

騎馬武者の一団が織田勢に突貫して、すさまじい勢いで槍を振るっている。

片桐且元《かたぎりかつもと》、平野長泰《ひらのながやす》、糟屋武則《かすやたけのり》、加藤嘉明《かとうよしあき》。

いずれも秀吉の側近で、武勇に長《た》けた者ばかりだ。さすがの織田勢も勢いを削《そ》がれている。

崩れるには、まだ早い。

正面の明智勢を打ち崩すことができれば、十分に勝機はある。

「またも邪魔をするか、日向」

光秀は、常に秀吉の敵として立ちはだかってきた。新参者のくせに、いつしか信長に重用されるようになり、近江坂本のみならず、丹波一国も与えられた。京の騒乱がなければ、伯耆や出雲も手にしていただろう。

朝廷との交渉でも重要な役割を与えられ、実質的に帝《みかど》の取次を務めていたと言える。小物との付き合いが多かった秀吉とは対照的である。

倒さねばならぬ敵と見て、秀吉は何度となく策を講じて追い込んだが、すべて打ち破られた。偽信長の件は決定的であると思ったが、逆手《さかて》に取られて、逆に追い込まれてしまった。

これが最期の戦いである。今、光秀を倒さねば、未来はない。

「雌雄を決するぞ。日向」

秀吉が前に出た時、彼方から声が響いてきた。

「上様だ。上様がお出ましであるぞ」

空気が揺れる。

思わぬ事態に、味方の将兵は動揺し、しきりに左右を見回している。

秀吉ですら、思わず息を呑んだ。

まさか、ここで信長が出てくるのか。危険な最前線まで。

万が一のことがあったら大変であるが、一方で織田勢の士気はあがり、逆に味方の将兵には追い込まれた感覚が広がる。効果的な一手だ。

すべてをわかった上で、偽物は動いたのか。だとしたら、驚くほど戦場の機微に詳しい。もしやすると、本物を上回るほどに。

秀吉は手綱《たづな》を握りしめた。苦しい展開であるが、ここで怯《ひる》むわけにはいかない。

「偽物の好きにやらせるな！　その首を取れば、褒美は思うままであるぞ。さあ、前へ出よ。にっくき敵は、目の前である」

秀吉は馬を出した。

もう後方に留まってはいられない。決着をつけるのは今しかなかった。

一〇

一二月一八日　円明寺川東岸

信長が側近を引き連れて姿を見せると、光秀は一礼してから馬を寄せた。

「出てきましたな。あれほど後ろにいてくれと頼んでおきましたのに」

「味方が戦っているのに、後ろでおとなしくしていることなどできぬよ。戦《いくさ》は佳境であろう」

そこで信長は声をひそめた。

「本物の上様もこうしたであろう」

「どうですかな」

光秀は顔をしかめた。

「どうせ、言っても聞かぬのですから、好きになさるのがよろしいかと。ただ、これより前には行かないでくだされ」

「わかっている。迷惑をかける気はない」

ここへ来るだけでも厄介なことこの上ないと光秀は語ろうとしたが、それはあまりにも気安すぎるということで、あえて口を結んだ。

事情を知らぬ者もおり、信長との距離は置かねばならない。

「羽柴勢も強いな」

信長の目は正面を向いていた。

「なかなか崩れぬ」

「わかりますか」

「これだけはっきりしていればな。我々が押しているが、最後の一線を割ることができぬ」

それがつかめるだけでも、たいしたものだ。


戦がはじまってから二刻《ふたとき》が過ぎ、今は織田勢が攻勢をかけている。

蜂屋勢、信孝勢を押し込んで、斎藤勢、武田勢が渡河し、右翼の筒井勢も中川勢を突き崩しつつある。

中央の斎藤勢は蜂屋勢の突出をさばけずにいたが、光秀が後詰めに入ると、前進をはじめ、中央部分の突破に成功していた。

敵を追い込むことには成功しているが、秀吉が自ら前に出てきたことで、また流れが変わるかもしれない。羽柴勢は余力を残しており、決定的な勝利を得るには、まだ時がかかろう。

合戦の流れをつかむには、戦に関する知識に加えて、視野の広さが必要である。

感覚で捉えているだけでも、今の信長には戦を見る目がある。

「不思議な方だ」

「何か言ったか」

「いえ、何も」

「嫌な言い回しだな。気に入らないことがあるのならば、堂々と言え」

　信長が気さくな言い回しで話しかけてきた。それは、出会った頃の信長に似ている。

　尾張、美濃を制し、勢いに乗っていた頃は、家臣と信長の間に壁はなく、向かい合って腹蔵《ふくぞう》なく語り合うことができた。足利義昭を奉じて上洛すると決めた時には、天下の行く末を見据えて本音で話しあった。

「共に行こう」

　そう言って笑った信長の顔は、今でも忘れない。

　あの時の信長であれば、光秀が京に乱入することはなく、今の信長と行動を共にすることもなかった。

　唐詩選《とうしせん》に、年年歳歳花相似《ねんねんさいさいはなあいに》たり、歳歳年年人同《ひとおな》じからず、言《げん》を寄《よ》す全盛の紅顔子《こうがんし》、応《まさ》に憐《あわ》れむ可《べ》し、此《こ》の白頭《はくとう》、との文言がある。

　見ている花は年が経っても同じなのに、見ている人間は年が経つにつれて変わっていく。それはどうにも変えられないものなのか。

「日向」

　声をかけられて、光秀は我に返った。

「どうした。呆《ほう》けていたようだが」

「申しわけありませぬ。つまらぬ事に思いをはせていました」

「昔のことでも考えていたか」

　光秀は言葉を返せなかった。この信長は、思いのほか勘がよい。

「そういうこともあろうさ。苛烈《かれつ》な局面であれば、なおさらな」

「さようで」

「だが、今の大事を忘れてはならぬ。動きはあったようだぞ」

その視線が天王山に向く。

雪に半ば隠されながらも、灰色の山で旗が揺れているのが見てとれる。

白地に九曜《くよう》。それは、細川藤孝の軍旗である。

「天王山を押さえたようだな」

「はい。あれは、頂《いただき》を取った時、味方にもわかるように作った大旗。かかげた時は、勝った時と申していました」

「さすがは、兵部。見事にやってくれたな」

旗が揺れる様子は、羽柴勢にも見えているだろう。これで流れは決定的となった。

光秀はゆっくり口を開いた。

「では、仕掛けます」

「やってくれ」

光秀が大きく手を振ると、陣太鼓が高らかに轟《とどろ》いた。

総攻撃である。

二

一二月一八日　円明寺川西岸

織田信孝は円明寺川を渡り終えたところで、大きく息を吐き出した。身体から力が抜けて、馬から落ちそうになるが、背筋を伸ばして耐えた。

喊声《かんせい》は後方から迫っている。

敵の攻撃は、なおもつづいており、驚くほどの苦境に信孝は立たされていた。

「いったい、どうなっているのだ。なぜ、こうなる」

勝てる戦いだった。

信孝の手勢は武田勢を攻めたて、五分以上に戦っていた。味方の押し出しが強ければ、右翼を突破して後方に回り込むこともできた。

それが敵の増援に阻《はば》まれ、膠着《こうちゃく》状態に陥《おちい》った。

信孝は下がって態勢を立て直してから再び攻めあがったが、阿閉貞征《あつじさだゆき》の兵に押されて、退却を余儀なくされた。

円明寺川と淀川の合流点では、熾烈《しれつ》な戦いがつづいた。

流れが変わったのは、天王山で細川家の旗が揺れた時である。驚きの次に恐怖が来て、味方は一気に浮き足だった。

「細川勢が山を下って後ろに回る」

「明智勢がその後につづいている」

流言が飛びかい、将兵は踏みとどまることができず、崩れるようにして後退に入った。

信孝は味方を鼓舞《こぶ》したが、その言葉を聞く者は限られていた。たとえ、信長の息子であっても、目の前に敵が迫っている現状で、命令を聞かせることはむずかしい。

押し込まれるようにして、信孝も後退して円明寺川を渡った。

敵は総攻撃に入っており、蜂屋勢も中川勢も崩れて下がっていた。秀吉の本陣も戦いに巻き込まれているようで、先刻から支援を求める使いが何度となく来ている。

「とにかく、下がらねば」

どこかで態勢を立て直さねば話にならない。

山崎の西か、あるいは高槻城か。思い切って大坂まで下がる策もある。

四国から下がってきた味方と合流すれば、まだ戦うことはできる。あのような偽物《にせもの》に負けるのは、矜持《きょうじ》が許さない。

信孝は淀川に沿って、西に向かう。

川沿いの細い道は、雪が積もって白く染まっている。吹きつける風は強くなる一方だ。

面倒になって、信孝は面当《つらあ》てを外した。

一刻でも早く暖かい場所に逃げ込む。今はそれしか考えられなかった。

「どこに行かれるか。侍従様」

太い声に、信孝はゆっくりと振り向いた。

黒い具足の武者が彼をにらみつけている。返り血で袖や甲冑《かっちゅう》は赤黒く染まっていたが、それが当人の血でないことは明らかだ。

骨太の身体は、先だって会った時とまったく変わらない。

「蒲生忠三郎か。毛利新左衛門はどうした」

「侍従様に言っても仕方ありませぬ」

「よく言う。裏切者のくせに」

「お相手いたすと申したはず。さて、いかがなさいますか」

蒲生賦秀は、馬上で信孝をにらんだ。

面当てをしているので、表情はわからないが、瞳の輝きは冷たく、信孝の背筋は震えた。

「どういうことだ」

「このまま下るのであれば、それもよし。あくまで抗《あらが》うというのであれば、主君のご子息であれ、覚悟していただくよりございませぬ」

「生意気な。近江の田舎者が」

信孝は馬を返して、槍を構えた。

「来るがよい。その首、淀の川に放り込んでくれるわ」

「いざ」

賦秀は馬を前に出した。

一瞬で間合いが詰まり、気づいた時には、頭上から槍が迫っていた。

食い止めることができたのは、無意識のうちに槍をかかげていたからだ。

強烈な一撃に腕が震える。

馬上でよろめくも、かろうじて耐えて後退する。

「誰か、我を助けよ」

声をかけても、反応はない。

味方の半数は織田勢と渡りあっていて手を出せなかったし、残りの半分は、賦秀の気合いに押されて動けずにいた。

「この役たたずが」

信孝は間合いを詰め、槍を振りおろす。

賦秀は軽々と受け止めて、払いのける。

ここまでは信孝の読みどおりだ。

あとは馬をぶつけて、賦秀をよろめかせ、その隙《すき》に逃げ出せばいい。

化物を相手に、無理して戦ってどうするのか。大坂に戻れば、兵は集まる。あとは毛利や三好の力を借りて、攻めのぼればよい。

「我は、織田侍従信孝よ」

信孝は馬をぶつけた。

力まかせの一撃で、信孝の馬が首を振っていなく。

すぐに距離を取ろうとしたが、手綱を振ってても馬は指示に従わなかった。まるで貼りついてしまったかのように、賦秀の馬に密接している。

驚いて横を見ると、賦秀が手綱《たづな》をつかんで強く引いていた。すさまじい剛力で、さながら腕で馬を引っぱっているかのようだ。

信孝は手綱を振ろうとしたが、できなかった。

固まってしまって動かない。

何だ。これは、いったい、何が起きている。

「終《しま》いです。侍従様」

賦秀が突き飛ばすと、信孝はあっさり馬から落ちた。足に力を入れる時間もなかった。

背中から落ちて、信孝は悶絶する。

その周囲を織田勢が囲む。

黒い具足の賦秀が馬上からにらみつけてきた時、信孝は己《おのれ》の戦《いくさ》が終わったことを知った。

一二

一二月一八日　円明寺川西岸

羽柴秀長は、右翼の織田勢が突出していることに気づいた。

勝負所と見たのか、三〇を超える騎馬武者が一団となって迫ってくる。

悪くないが、少しだけ早い。

秀長は周囲を見回し、声を張りあげる。

「押し返せ。敵は隙を見せたぞ」

陣太鼓が響き、長柄《ながえ》勢が飛び出していく。

数は減らしていたが、敵を食い止めることはできる。

長柄勢を差配する足軽大将は、長年、行動を共にしている股肱《ここう》の臣《しん》だ。乱暴者で、何かと問題を起こしてきたが、苦境に遭っても退《ひ》くことなく、最後まで踏みとどまって戦ってくれる。

長柄勢は見事に槍をそろえて、騎馬武者を迎え撃った。

たちまち二騎が身体をつらぬかれて、落馬する。

騎馬武者は槍を振ったが、勢いは殺されており、その能力を最大限に発揮できなかった。槍を振るうよりも早く、長柄勢に攻められてしまう。

足軽の一団は、槍を突き出し、前に出る。

さらに五騎が討ち取られたところで、敵は後退に入った。

残ったのは、踏みにじられた遺骸だけだ。

「首は捨て置け。我らも下がるぞ」

秀長の指示を受け、長柄勢は足を止め、後ろ向きに下がった。

すでに円明寺川から離れており、彼らの退路を遮《さえぎ》るのは、降りしきる雪だけだった。

「これで、少しは時が稼げたか」

織田勢が攻勢に転じてから、一刻《いっとき》が経ち、味方の敗勢は決定的になっていた。

筒井勢、斎藤勢、武田勢は川を渡り、総力を挙げて羽柴勢を攻めたててきた。左翼には、溝口秀勝の手勢も進出して、圧力をかけてきた。

最初に崩れたのは、中川勢だった。

突出したのが早かったので、被害も大きく、敵の攻勢を支えきることができなかった。またたく間に崩されて、敗走した。

引きずられるようにして、秀長勢も下がったのであるが、中川勢が苦しい展開であるのはわかっていたので、壊乱に巻き込まれることはなく、中川勢が抜けた穴をふさぎつつ、長柄勢で押し返して、戦線を維持できた。

「何とか時を稼がねば……」

秀吉がここで討たれては困る。

後退して織田を迎え撃つ準備を整えるためには、その存在が不可欠だ。

毛利と織田の結節点であり、播磨、摂津、因幡に大きな影響力がある秀吉がいるからこそ、この東上作戦を仕掛けることができた。

万が一のことがあれば、羽柴勢は崩壊し、織田のみならず、背後の毛利や三好からも攻められることになろう。

秀吉も事態が悪化していることはつかんでいるはずで、何らか手は打っているはずだ。今はそれを待つだけである。

秀長は味方の動きを確かめながら、後退する。

雪は激しさを増しており、今では敵味方の旗印を確認するのですら困難になっている。大地は白く染まり、西につながる道もいつしか覆い隠されている。

後退には最悪の状況であるが、ここまで雪が降れば、鉄砲は使えないし、騎馬武者も足を取られて、すばやい移動はできない。

天候の悪化をうまく活かすことができれば、味方の後退はうまくいくだろう。

風が吹き、えぐり取られるような痛みが身体に走る。手綱を握る手にも力が入らない。

身体は冷え切っており、顔を動かすのですらおっくうである。眠気も断続的に襲ってくる。

回りの足軽もそれは同じで、歩みは驚くほど遅い。顔は下を向いたままで、陣笠に雪が積もっても払いのけることすらしない。

寒さは、気力と体力を同時に奪う。

戦《いくさ》に負けているとなれば、それはひどくなり、立って歩くだけで精一杯で、周囲の状況に気を配る余力すらない。

早く城に戻らねばならない。手足を湯で洗い、温かいかゆを食べさせ、ゆっくり眠らせることができてこそ、再び戦うことができる。

しかし……。

「あの信長相手に勝てるのか」

正直、信長が偽物かどうかはわからない。

兄が偽物だと言ったから、そのように思っているだけであって、秀長としてはどちらでもよい。

ただ、その軍勢は強力で、再戦を挑んでも勝てる気はしなかった。

攻めても柔軟に受け止められて、いつしか戦力を削られて、後退を余儀なくされた。

敵が総攻撃に入ると、秀長は何もできずに押し切られた。隙はまったくない。

信長とその軍勢が強いことは明らかで、打ち破る方策は見当たらない。

「さすがだな。上様は」

信長の本領はその強さであり、それが維持されているかぎり、その内面がたとえ人外のものであっても、信長でありつづけるだろう。

「和睦は……無理であろうな」

ここまで逆らったのであるから、信長は羽柴の一族郎党を根絶やしにするまで攻めるだろう。今さら膝を屈することなどできない。

時を稼いで、播磨に下がり、それでも駄目ならば毛利を頼って西国に逃げる。生き残るためには手段を選んではいられないが、それはいつまでつづくのか……。

秀長は、面当《つらあ》てを外して、雪を払った。

近くで声があがる。

中川勢が後退してきたのかと思った時、突如、水色桔梗の指物《さしもの》をした騎馬武者が現れ、馬を寄せてきた。

秀長は息を呑む。

その直後、槍の一撃が額《ひたい》をつらぬいて、秀長の意識はこの世から永遠に消え去った。

一三

一二月一八日　山崎

秀吉は、雪に覆われた街道を後退していた。

雪は強くなる一方で、放置しておけば、すぐに鎧《よろい》や兜《かぶと》が白く染まる。馬のたてがみにすら残るぐらいで、影響は大きい。


強い風はあいかわらずで、天王山からの吹きおろしを浴びるたびに、体温が奪われていく。手足の感覚はすでにない。

後退に入ってから、どれほどの時が経ったのか、秀吉にはつかめなくなっていた。

半刻《はんとき》のようにも思えるし、半日も過ぎ去ったかのように思える。厚い雲が頭上を覆っていることもあり、このまま日が暮れてもおかしくないように感じられる。

どうして、このようなことになったのか。

秀吉は口を動かしたが、言葉にはならなかった。その気力も失われていた。

織田勢との戦いは、中川勢が崩れたところで、趨勢《すうせい》が決まった。強烈な筒井勢の攻勢を支えきれず、味方の最前線は分断された。

その時には、右翼の織田信孝の手勢も後退しており、織田勢はそろって円明寺川を渡った。

秀吉は自ら陣頭に立って指示を下したが、中川、蜂屋勢が壊乱したため、敗勢を覆すことはできなかった。

脇坂安治《わきざかやすはる》、平野長泰、加藤茂勝《しげかつ》が討死し、片桐且元は行方知れずである。他にも、秀吉を支えてくれた将兵が、数多く討死し、秀吉の本隊は事実上、戦闘不能となった。

後退に入るのは自然なことであった。

いつしか、秀吉は山崎の隘路《あいろ》に入り、淀川に近い細い道を馬に乗って歩んでいた。

「殿、しっかりしてくだされ。もう少しで高槻ですぞ」

福島正則が声をかけてきた。

具足は大きく切り裂かれ、兜の前立《まえたて》も折れている。返り血以外の血も広がっており、正則が激戦をくぐり抜けてきたことは一目でわかった。

「高槻に入れば、高山様が助けてくれましょう。それまでの辛抱でございます」

「そうだな。急いで戻らねばな」

戻ってどうするという心の声がする。

合戦で敗れた以上、秀吉に行き場はない。西に向かったところで、いずれは討ち取られる。

高山右近ですら敵に回っているかもしれない。

「無理に攻めなければ、このようなことにはならなかったかもしれぬな」

秀吉は静かに語った。その言葉は、人ではなく、自分に対して向けられていた。

「摂津に留まり、三好、毛利と手を組み、山陰と四国の織田勢を追い払って、西国を固める。その上で、京へ攻めのぼって雌雄を決すれば、勝てたかもしれぬ……」

それが幻に過ぎないことは、秀吉にもよくわかっていた。正親町帝の勅旨で、偽信長説は大きく揺らいでおり、摂津や河内の織田勢を味方につけるのはむずかしくなっていた。

時は彼の味方ではなく、攻めても守っても敗北は必至だった。

「上様に逆らったことが間違っていたのか。いや、違う。あれは偽物だ」

断じて本物ではない。それは言い切れる。

だが、結果として、秀吉はその偽物に撃破された。見事な戦術で。

陣頭に立って指揮する姿は、かつての信長そのものではないのか。

「儂《わし》が手を貸したのか」

この戦《いくさ》に勝つことで偽物が本物になるのだとしたら、皮肉が効きすぎであろう。

秀吉がうなだれた時、背後から声があがった。

「明智勢が来たぞ。明智十五郎だ」

振り向くと、水色の旗がかすかに見てとれる。

馬の足音が次第に近づいてきて、殺気が周囲を包みこむ。

「光秀の小せがれか」

「殿、急いでくだされ。ここは手前が」

「いや、待て。他にも何か……」

右手の奥から声がした。

秀吉が顔を向けると、獣道《けものみち》を抜けて、輿《こし》が姿を現した。

指物《さしもの》は、中日の白。黒田家のものだ

「おう、官兵衛、無事であったか」

「筑前殿も。ようやく追いつきました」

「よく、ここまで来てくれた」

秀吉は、輿の上で手を振る武者を見た。

孝高はひどく疲れているようだったが、目の輝きはあいかわらず強かった。

秀吉が輿に馬を寄せると、孝高は笑って話しかけてきた。

「苦しい戦いでしたな」

「何とかここまで来られたが、残念ながら終わりのようだ」

秀吉は背後を見た。

すでに戦いがはじまっており、大きな声があがっていた。羽柴筑前がいるという声も聞き取ることができた。

「明智の手勢よ。逃げ切るのはむずかしい」

「弱気な事をおっしゃらないでください。ここは手前が支えます」

なおも強気な正則に対して、秀吉は首を振って応じた。

「いいのだ、市兵衛。見苦しい真似はしたくない」

秀吉は覚悟を決めていた。

それは、きわめて自然で、怒りも悔しさもおぼえることはなかった。

この時が来るとわかっていたからかもしれない。

「そこの林に入ろう。しばらくは目につくまい」

「殿……」

「首は奴らに渡すな。どこかに隠せ」

秀吉は官兵衛を見つめた。その視線はやさしくなっていた。

「おぬしと最期に会えてよかった。達者で暮らせ」

「何を言われるか。手前がここに来たのも、筑前殿と最期を共にするため。つまらぬことを言わないでほしいですな」

孝高は笑った。

「上様に逆らって、生き延びようとは思いませぬ。

一族郎党、皆殺しでございますから。だったら、己《おのれ》の死にたいところで死ぬのがよいかと」

「あれは、偽物だ。もしかしたら、助けてくれるかもしれぬ」

秀吉は林の奥に入りながら、話をつづけた。

「おぬしならば、うまくできよう」

「情けに縋《すが》るつもりはありません。筑前殿についていくと決めた時から、最期まで共に歩むつもりでした」

「だが……」

秀吉の言葉は、そこで途切れた。

孝高は彼と運命を共にすると言ってくれた。それは、これまでの友誼《ゆうぎ》と信条に基づいてのことであろう。

ならば、とやかく言っても仕方がない。

連れ添う友がいるのは、幸運なことだ。


林の奥に入り、木々が切れた場所に出ると、秀吉は馬から下りて、仕度を調《ととの》えた。

官兵衛も輿から下ろされて、その横に並ぶ。

表情は穏やかだった。美しく、さながら山から流れだした清流のように見える。

秀吉が座って脇差を手にしたところで、孝高が声をかけてきた。

「筑前殿の作る天下を、この目で見られなかったのは残念ですな」

「儂もだよ。結局、上様にはなれなかったな」

秀吉は大きく息をついた。

「儂がやりたかったのは、上様の跡を継ぐことだった。上様が作りあげた天下を引き継いで、より大きな形でまとめてみたかった。上様が唐へ行くことを望むのであれば、そのようにしたし、天竺《てんじく》や南蛮《なんばん》を制したいのであれば、それも考えたと思う」

「よいことですな」

「されど、それは一から何も作っていないことを意味する。だから、うまくいかなかった」

信長を退けて、新しい世の中を作ることはできなかった。それが秀吉の限界だった。

「偽物相手なら、何とかなると思ったがな」

そこで声がして、林の向こう側で兵の動く気配がした。

もう時がない。

「では、市兵衛、あとは頼むぞ」

息を大きく吸い込んで、秀吉は腹に刃《やいば》を突きたてた。

痛みが広がったその瞬間、彼の意識は断ち切られ、この世ならざる場所に立ち去っていった。


雪の降る最中におこなわれた山崎の戦いは、織田勢が圧勝した。正面からの戦いで秀吉を打ち破り、京への進撃を食い止めたのである。

大勝の知らせは、またたく間に全国に広がった。

それは、戦国の世を大きく動かし、すべてが一つにまとまる流れを作り出すことになった……。

第五章　天下統一への道

一

天正一一年一月一二日　御坂城

　河尻秀隆は、手元の兵をまとめて、城門へ向かった。手綱《たづな》を握る手には、自然と力が入る。

「父上、どうなされたのですか」

　駆けよってきたのは、息子の河尻秀長だった。見あげる瞳には、不安の色がある。

「しれたこと。打って出る」

「お待ちください。まだ、北条勢は……」

「わかっている。だが、いつまでも留まっているわけにはいかぬ」

　秀隆は息子をにらみつけた。

「情勢がまったくわからない。いったい、どうなっているのか」

　一月前に森成利が討死して以来、秀隆は御坂城にこもったまま動かなかった。一二月一八日に本多忠勝が駿河に戻って、兵の数が減ったため、無理ができなくなっていた。

　京の周辺で大きな戦《いくさ》があり、織田勢が大勝したという話を聞いたが、それも事実かどうかもわからなかったし、おとといから北条勢の動きが活発になっていたが、その背景に何があるかも不明なままだった。

「城内に不安が広がっている」

秀隆は、馬上で秀長との話をつづけた。

「流言に左右されて、つまらぬ喧嘩も起きている。昨日は、城から飛び出そうとした足軽もいた。兵糧も矢玉も減っていて、今のままでは、我らは内から崩れる」

「それは確かに……」

「ならば、情勢がどのようになっているか、確かめておきたい。織田家がどうなっていて、何と戦っているのか、しっかりつかめば、打つ手もはっきりしよう」

「そのために、父上が城から出ると」

「そうだ。流儀に反するが、致し方ない」

「それでしたら、手前が参ります。父上は城に残ってくだされ」

「駄目だ。今は誰が敵で、誰が味方かまるでわからぬ。ならば、儂《わし》が自ら確かめて、この先のことを決めねばならん」

北条は敵だったが、年を越してから、兵が減っている。別に敵がいるかのような動きで、それが秀隆には気になっていた。

逆に徳川は味方だったが、御坂城への支援が少なすぎた。本多忠勝を下げてからは、兵糧の運び込みに徹していて、兵を回すことはなかった。

ここのところ、使者も寄越さない。

北条に味方することも十分に考えられるわけで、何もわからないまま、城にこもっているのは限界であった。

「城門を開けよ。出る」

「駿河へ向かうのですか」

「その前に、北条勢を一叩きせねばなるまい。街道の北を押さえているのだからな」

追撃されるようなことになれば、面倒だ。

「わかりました。でしたら、手前も城を出ます。北条勢はおまかせを」

「与四郎。それは……」

「ご安心くだされ。北条を叩いたら、すぐに城に戻ります。父上が戻るまで、守り抜いて見せますので、気にせず、駿河に向かっていただければよいかと」

秀長の言葉は力強かった。

まだ頼りないと思っていたが、御坂城での戦いを経て、成長したようだ。

「いっぱしの口を利く。だが、それでよい」

秀隆は馬から下りて、秀長の傍《かたわ》らに立った。

「では、城はまかせる。すぐに戻ってくるぞ」

「ご武運を」

二人が笑ったところで、城門の横に立つ櫓《やぐら》から声が響いてきた。

「城の南に軍勢。その数、二〇〇」

「南だと。徳川か」

駿河からの援軍が来たのか。しかし、この頃合いで動くのか。

「いえ、違います」

声は一度、途切れた。

だが、それが再び響いてきた時には、前とは比べものにならないほど大きくなっていた。

「旗印は、梅鉢大四半《うめばちだいしはん》。前田又左衛門《まえだまたざえもん》様の手勢と思われます」

「又左だと」

前田又左衛門利家《としいえ》は、秀隆と同じく、信長が尾張統一のために働いていた頃から仕《つか》えていた武将で、若い頃は乱暴者として知られていた。

今は、柴田勝家の寄子《よりこ》として、越前方面に進出していたはずだ。

それが、なぜ、このようなところに。

秀隆は南の空を見つめた。

何が起きているのか、まるでわからない。

二

一月一二日　御坂城

「押せ、敵は弱気になっているぞ。ここで叩いて追い払え」

前田利家が馬上で声をかけると、騎馬武者が隊列を組んで、北条勢の側面を突いた。

長柄を持った足軽は方向を変えようとするも、あまりにも前田勢が早すぎて、対応できない。たちまち突き崩されて、陣地を食い破られていく。

「よし。我も行くぞ」

利家が敵陣に迫ると、側面から騎馬武者が現れて、その行く手を防いだ。

「これ以上はやらせん」

黒い具足の武者は槍をかざした。

「この中山勘解由左衛門家範がおるかぎり、この先には行かせない」

「おう、あの森乱丸を討ち取った者か。相手にとって不足はない」

利家は槍を構えた。

中山家範について詳しいことは知らないが、森成利を倒したことをさかんに言いふらしていたことは聞いていた。

信長の寵臣《ちょうしん》を討ち取ったということを自慢したいのだろうが、成利がいなくなったところで、どうということはない。むしろ、邪魔者が消えて、助かっている。

「倒したはよいが、その遺骸は本多平八に持っていかれたのであろう。その体《てい》たらくで、よく自慢できたものだ」

「何だと」

「身の程を知るといい。相手をしてやろう」

「生意気な」

家範は右手で槍を回すと、馬を走らせ、間合いを詰めてきた。

利家も前に出る。

すれ違い様、両者が槍を繰りだす。

双方ともすさまじい一撃で、家範は利家の前立を叩き、利家は家範の袖を切り裂いた。

十分に距離を取ってから、利家は馬首を返す。

「遅いわ。その程度の腕で、我に勝てると思っているのか。東国の武者もたいしたことはないな」

「ほざけ。本番はこれからよ」

「その余裕はあるのかな。いつ後ろから敵が来るともわからぬのであるぞ」

「何を……」

家範は顔を歪《ゆが》めた。さすがに事情を知らぬほど、愚か者ではないようだ。

山崎の戦いで、織田家を取り巻く情勢は大きく変わった。

羽柴秀吉とその一党は信長との戦いに敗れて、秀吉と黒田孝高は切腹、弟の羽柴秀長と中川清秀が討死した。

織田信孝、蜂屋頼隆は後退中に捕らえられて、今は坂本城に押し込められている。

若狭三人衆は有岡に籠城して抵抗したものの、丹羽長秀の手勢に討ち取られた。

わずか一〇日で、摂津、河内、和泉は信長の支配下に収まり、逆らう者は容赦なく処罰された。

すでに播磨にも織田の兵が入って、留守居《るすい》の蜂須賀正勝《まさかつ》と交渉をはじめている。

羽柴秀吉の叛乱《はんらん》は完全に終わり、以前よりも強固な形で、信長は畿内を制圧していた。

秀吉の死を聞いて、利家の心は痛んだ。

若い頃から仲がよく、織田家中での立ち回りを相談することも多かった。利家の帰参には、秀吉も力を貸してくれたほどで、この先も共に生きていくことになると思っていただけに、叛乱とそれに伴う切腹の事実は、利家の心に深くのしかかった。

それでも、信長からの下知があれば、哀しんでばかりはいられなかった。

一二月の下旬、利家が越前から近江に戻ったところで、信長から甲斐の支援を命じられた。河尻秀隆が苦境に追い込まれており、彼らを守るために利家の手勢が必要と判断されたのである。

皮肉にも、利家と信長が会ったのは、秀吉が支配していた長浜城《ながはまじょう》だった。

「正直、筑前には生きていてほしかった」

信長はその場で言い切った。

「あの者を追い込んだのは、儂《わし》の不始末。罪は問わねばならぬが、それは新しい手柄を立てることで帳消しにするつもりだった」

秀吉に対する熱い思いを知って、利家は涙した。

確かに信長のふるまいには不自然なところがあったが、家臣への思いは変わっていなかった。それがわかっただけで十分だった。

利家は頭を下げ、信長の命令を受けいれた。

思いのほか時間がかかってしまったが、ようやく御坂城へたどり着くことができた。

利家の甲斐進出より早く、信濃では滝川一益の軍勢が動いていた。その数は三万に達し、すでに伊那《いな》の奪還に成功している。

北条勢は迎え撃つべく、手勢を再編しており、甲斐の兵が減っているという知らせは事前に聞いていた。

家範も当然、後方が手薄であることは知っており、御坂城の戦いはこの先、大きく様相が変わることが予想された。

「さあ、ここで決着をつけるか」

利家が槍を向けると、家範は下がった。周囲を見回して、先刻に比べると、殺気も弱まっている。

「どうした。やらぬのか」

「おぬしの首など、いつでも取れるわ。今はその身体に預けておいてやる」

家範は後退して、味方の騎馬武者に紛《まぎ》れた。

「又左様」

声がして、河尻秀長が姿を見せた。

狭い山道で鮮やかに馬を乗りこなす姿を見れば、御坂城の戦いで成長したことが見てとれる。

「おう。与四郎か」

「大丈夫ですか。単騎でここまで深く踏みこんで」

「敵にやる気はなかったからな。見ろ、引いていくぞ」

「そのようで。ここまで下がるのは、久しぶりですな。助かりました」

秀長は笑った。

「父上が城で待っています。又左様がいらっしゃらなければ、飛び出していたところでして。危ういところでした」

「ずいぶんと無茶をする」

「それにしても、急な合力、驚きました。まったく知らなかったので」

秀長の言葉に、利家は驚いた。

「何だと。徳川殿には、何度も使いを出していたぞ。駿府に入った後も、御坂城に話をしておくように告げておいたが、聞いておらぬか」

「いえ。ここのところ、御坂城は敵に囲まれておりましたので」

「それにしても、使番ぐらいは送れそうなものだが。妙な話だな」

利家は、南の空に目を向け、律儀者と呼ばれた徳川家康の顔を思い浮かべる。

駿府で顔をあわせた時に、おかしなところはなかった。普段と変わらぬふるまいで、利家の支援を約束してくれた。

「気になる話だが、それは後だ。今は北条勢を何とかせねばな」

御坂城周辺から敵を追い払うこと。それが自分に課せられた役目だ。

利家は敵を追って、御坂城に向かった。

雲が流れて、冬の日射しが頭上から降りそそぐ。それは、一本の道となって、彼の行き先を示していた。

三

一月一二日　御坂城南方二里

「殿、急ぎませぬと合戦が終わってしまいますぞ」

石川数正にうながされたが、家康は馬の歩みを早めようとはしなかった。軍勢への指示も出さず、細い街道を静かに進んでいる。

「殿」

「今から行っても間に合わぬ。前田の本隊は二〇〇〇。引き気味の北条勢では、とうてい支えることはできぬ。着いた時には、追い払われているわ」

「確かに」

「御坂城は苦境を脱し、織田勢の前には、新たなる道が開かれる。甲斐の戦《いくさ》は大きく変わろう」

「面倒な話になりますな」

家康は顔をしかめただけで応じなかった。言われなくとも、よくわかっている。

播磨で秀吉が蜂起《ほうき》し、京に進撃している間、家康は北条、上杉と連絡を取り合い、尾張進出の準備を整えていた。

信長が偽物《にせもの》であるなら、遠慮する必要はない。

秀吉が勝利に乗じて国境を越え、那古野《なごや》、清洲、小牧《こまき》の各地を押さえる。その上で北条と協力して、美濃討伐をおこなう。

織田は混乱しているはずで、調略で突き崩すことができると家康は判断していた。秀吉の布告が出ると、彼はすぐに数正を派遣して、尾張の織田勢と話し合いをおこなっていた。

一二月半ば、家康は浜松《はままつ》に戻った。その時、御坂城のことは頭になかった。

しかし、正親町帝の勅旨《ちょくし》で、すべてが変わった。

朝廷が本物と認めたことで、尾張、美濃では信長を支える機運が高まった。迷っていた滝川一益も信長の命令に従って信濃を奪還すると決め、伊那に二万の兵で攻め込んだのである。

一二月一八日、秀吉は山崎の戦いで敗れて、無惨な最期を遂げた。

すぐに信長は有岡城に入り、摂津、河内、和泉をまとめあげた。今頃は、播磨も掌中《しょうちゅう》に収めているはずで、織田の支配はこれまで以上に強固となった。

東国でも織田勢の進出がはじまり、傷の癒《い》えた森長可《ながよし》が中信《ちゅうしん》に展開して、北条氏照の手勢と戦っている。

上杉勢は川中島《かわなかじま》四郡から援軍を送る予定だったが、越中《えっちゅう》に織田勢が突入して、その余裕を失っていた。信長の勝利で、越中勢が寝返り、織田と協力して上杉勢を叩いたのである。

甲斐の北条勢は、一部が信濃に入ったことで、手薄になっていた。甲府にはわずか二〇〇〇しかおらず、御坂城攻撃を支援することはできなかった。

織田勢の巻き返しは強烈で、東国の情勢は大きく変わりつつある。

「この先、どう見る」

馬上で家康は語った。

雲が頭上から去り、青い空が広がる。

それも、忌《い》ま忌ましい。天候が悪ければ、遅れた言い訳になるのに。


「織田の勢いを止めることはできぬでしょうな」

数正は淡々と語った。

「早晩、中信は織田の手に落ちましょう。諏訪《すわ》も保持はむずかしいかと。東信《とうしん》は北条の支配地に近いこともあり、しばらくは大丈夫でしょうが、西国が片付いて、信長が自ら進出するようなことになれば、国衆が背《そむ》いて、北条勢は叩き出されましょう。負けるとわかっている側に味方する者はおりません」

「上杉は」

「むずかしいでしょうな。そもそも、上杉は京の騒乱が起きる寸前、織田との和睦を求めて、使いを送っていたぐらいです。敵が乱れたところをねらって、土地をかすめ取っても、それを手元に留めておくのは無理かと」

「織田の勝ちか」

「いえいえ、一つだけ手がございますぞ」

数正が視線を送ってきたので、家康は顔をしかめた。

「言うな。もう終わったことだ」

「我らが北条、上杉と手を組み、尾張を攻めれば……」

「言うなと申している。聞かれたらどうするか」

たとえ正親町帝の勅旨があっても、家康は尾張へ進出するつもりだった。勝ってしまえば、朝廷の意志など、どうにでもできる。

だが、秀吉がたった一日で負けたとなれば、手の打ちようがなかった。西国の混乱が長引いてこそ家康の付け入る隙《すき》があったが、負けてしまってはどうにもならない。

織田が立て直してしまった以上、家康にできることはなかった。


「言い訳が大変ですぞ」

「わかっている」

「まずは、河尻肥前と前田又左ですな。次は、使いに来るであろう明智の家臣。それで、最後は信長当人です。やれますか」

「やるさ。さもなくば、我が家は滅びる」

家康は、御坂城との連絡を意識的に断っていた。使者はいっさい送らず、兵糧の運び込みも最小限に留めて、城を孤立させるように仕向けた。河尻秀隆の使者とも顔をあわせず、今後の方針についても説明はしなかった。

それは信長との手切れを考えての処置だったが、結果として裏目に出た。

傍目《はため》には、御坂城を見捨てているように見えたし、その評価は完全に正しかった。

「一度は河尻肥前に使いを送るべきでしたな。北条の動きなど気にせず」

「滝川伊予との話し合いが長引いていた。奴らにも兵糧や矢玉は送らなかったからな」

「前田勢の動きも助けるべきであったかと」

「勝手に領内に入られて、いいように動きまわられては困る。内情は知られたくなかった」

徳川勢は、尾張攻略のため軍勢を西に動かしており、それを利家が見たら、真意を見抜いたであろう。隠すための時間が必要で、そのおかげで、利家の甲斐進出は大きく遅れた。

「これからは、頭を下げまくりだ。いくつあっても足りぬ」

「この先は、織田と共に行くのですな」

「やむを得ぬ。逆らったら、すべてが終わりだ」

今の織田と戦って勝てるはずがない。

信長が三河に進出すれば、いや、その噂が流れるだけで、駿河や遠江《とおとうみ》の国衆はいっせいに家康から離れる。勝負は端から見えている。

「頭を下げて言い訳するしかない」

「どこまで通用しますか。大変ですぞ」

「死に物狂いで働くよりない。まずは、甲斐だ」

判断を誤ったことを嘆きながら、家康は御坂城へ向かった。手《た》綱《づな》を握る手には、力がこもらないままだった。

四

閏《うるう》一月二日　備後神辺城《かんなべじょう》

小早川隆景は、各地からもたらされる凶報を広間で聞いていた。口を開くには、途方もない気力が必要だった。

「備中高松城は落ちたか」

「はい。清水宗治《しみずむねはる》は、抗《あらが》うつもりはなかったようです。織田勢が備中に入ると、早々に使者を立て、和睦いたしました。領地は安堵されたようですが、細かいことはわかりません」

広間で一人で座り、隆景に情勢を報告していたのは岡景忠であった。

苦境にあっても忠義を尽くしてくれる人物は貴重だ。最悪の事態を迎えているときには、なおさらである。

「織田勢は総社《そうじゃ》に入り、なおも西を目指しております。その数は三万五〇〇〇」

「猿掛城《さるかけじょう》では防げぬな」

「どうにもなりませぬ。織田勢はそのまま山陽道を進み、備後に入るものかと」

「この神辺城に攻めかかるわけか」


織田の勢いは増す一方で、食い止める手段はないように思われる。

さすがは信長である。攻めに転じてからの動きは、驚くほど早い。

秀吉を倒し、摂津に入ると、信長は蜂須賀正勝との交渉を得て、播磨一国を支配下に収めた。

織田勢が国境まで迫ったところで、播磨の国衆は大半が信長へ臣従することを示しており、留守居の正勝ではどうすることもできなかった。

孝高の後を継いだ黒田長政も、抵抗する気はないと語り、勝負は最初からついていた。

信長は姫路に入り、播磨の大半を蔵入地《くらいりち》に定め、その代官に長政を任命した。

黒田家は秀吉と行動を共にしたが、孝高の死によって、その罪は贖《あがな》われたと信長は語った。一族郎党を処断することはなく、長政が家督を嗣ぐことができるように手配した。

信長は黒田家のみならず、秀吉と行動をした武将のほとんどを許し、穏やかに播磨を支配下に収めたのである。

それは、備中、備後、美作の国衆に大きな影響を与えた。

彼らは、一度、信長に逆らえば許してもらえず、生き残りのためには徹底的に抗うしかないと思っていた。そこに、思わぬ形で寛容の意志が示されて、動揺したのである。

黒田が許されるのであれば、自分たちもということで、国衆は続々と恭順《きょうじゅん》の意を示して、織田家の勢力範囲はまたたく間に広がった。

それは、毛利家の支配地でも変わらず、すでに尼子の残党が出雲で兵を挙げ、織田と共同で戦うことを示している。石見や周防でも同様の動きを見せる者が出ており、毛利家の足元は大きく揺らいでいた。

一族の者でも、交戦を積極的に望む者は少なく、兄の吉川元春は出雲にこもったまま動かずにいる。福原貞俊《ふくばらさだとし》は、主君の輝元と今後の策を話しあっていたし、それに加わる重臣は増えていた。

それは、隆景の孤立を意味する。積極的に秀吉との同盟を進めた彼は、信長との対立が深まるにつれて、主導権を失っていた。

「何とか兵を集めて迎え撃ちませんと」

「無理だ。間に合わんし、そもそも数がそろわん」

隆景が動かせる兵は、三〇〇〇に過ぎない。援軍を求めても、うまくはいかない。

毛利と国衆は、主君と家臣のような強い結びつきではなく、利益を保証する代わりに、戦《いくさ》の時には共同で戦うという互助の関係でしかない。

毛利が有利であれば、いくらでも彼らは従うが、逆になれば、あっさりと離れていく。それを食い止めるには強力な武力が必要だったが、今の隆景にそれは用意できなかった。

「伊予には、長宗我部勢も進出しており、塩飽《しわく》の水軍が動けば、海を渡って攻めてくることもありうる。海と陸から押してこられたら、どうすることもできない」

「では、和睦でございますか」

「それもむずかしい。押されるがままに降れば、どのような処分を受けるかわからぬ」

信長と毛利の間には深い結びつきはない。処断は厳しくなるだろう。

備中、備後、出雲は取りあげられ、本拠の安芸にすら織田の手が迫るかもしれない。

毛利宗家がいずことも知らぬ地に移されることも十分にありうるわけで、その家名を保つことができるかどうかもわからない。

「せめて一矢《いっし》報いねばならぬ。ただ滅ぼされるのではなく、織田に抗う力があることを見せつけねば、すべてが終わる」

「だからこそ、打って出ると」

「それも我らだけでな」

驚くほど、兵は少ない。それでも退《ひ》くわけにはいかなかった。

「どこで戦うことになるか」

隆景の問いに、景忠は厳しい表情で応じた。

「猿掛城は保ちませぬから、織田勢はさらに踏みこんできましょう。この神辺城にかなり近い所。おそらく笠岡《かさおか》か、井原《いばら》になるものかと」

「儂《わし》もそう思う」

備後に織田勢が入ったら、終わりである。その前にできることをやるしかなかった。

隆景は立ちあがった。身体はひどく重く、頭痛もしたが、文句を言ってはいられない。

最後の戦いが目の前に控えていた。

五

閏一月四日　備中井原

斎藤利三は、眼前の平野に目を向けた。

流れ出た川が行き先を変えて東に向かう場所で、北からの山地がうまい形で食い止められて、田畑が広がっている。

民家も多く、住民はそれなりにいるようであるが、合戦が迫った今、その姿を見ることはできない。

降りそそぐ日射しには、温かさを感じる。

閏月が挟まったからといって、春の訪れが遅くなることはない。視界の片隅には、梅の花も見てとれる。

「まさか、備中で梅を見ることになるとはな」

驚きである。去年の春には、考えられなかった情景だ。

備中井原は山陽道の要地で、かつては那須《なす》家《け》、伊勢家が支配していた。戦国の世には、尼子、毛利が激しく争い、現在では毛利が支配下に収めている。西に行けば備後神辺城があり、毛利の本拠にきわめて近い。

山崎の戦いで、羽柴勢を撃破してから、一月あまりで、備中まで進出することになるとは、予想外もいいところだ。

世界は転回しており、その中心に位置するのは間違いなく自分たちだった。

馬を返そうとしたところで、細い道を抜ける騎馬武者の集団が見てとれた。

先頭に立つのは、黒の南蛮胴《なんばんどう》を身につけた信長だった。黒の陣羽織《じんばおり》がよく似合っている。

距離を詰めてきたので、利三が馬から下りて出迎えようとしたが、信長は手を振って、それを押しとどめた。

合戦が近いから気にするなということなのか。あいかわらず、ふるまいが軽い。

それでも馬の扱いはうまくなっており、信長はさりげなく利三の横に止めてみせた。

「どうだ。毛利勢は」

「小田川《おだがわ》の西岸に留まったままです。数は、昨日と変わりません」

「助けが来る様子は」

「ありません。備後の国境にまで物見を送りましたが、兵は見なかったとのことです」

「では、あの三〇〇〇で、我らの一万五〇〇〇を迎え撃つつもりなのか。毛利は」

「そういうことになりますな」

斎藤利三は、四日前に総社を離れ、山陽道を西に向かった。毛利領内であったが、抵抗はまったくなく、進軍は想定よりも早く進んだ。

猿掛城の毛利勢は早々に降伏してしまい、戦いの準備すらせずに済んだ。

ようやく足が止まったのは井原の地に入ってからだ。

小早川隆景の手勢が待ちかまえていたためだ。隆景の陣地は、小田川が急に東に曲がる場所に置かれていて、明らかに野戦を望んでいた。

周囲には多くの城があり、戦力の差を考えれば、籠城が妥当であるにもかかわらず、あえて兵を展開して迎え撃つ準備を整えていたのである。

「無茶をする」

「なぜ、敵は野戦を望むのでしょうか」

利三の問いに、信長は即座に答えた。

「味方が来ぬとわかっているからであろうよ。隆景は見捨てられた。後巻のない籠城に意味はない。必ず落ちる。ならば、やることは決まっている」

「さようですな」

「無駄死を避けたいというのもあろう。隆景を慕う武者はそれなりにおり、時間をかければ、主君の意に背《そむ》いてはせ参じるやもしれぬ。そうなれば、無駄な死者は増え、毛利の力は落ちる。それは隆景の望むところではあるまい」

「よく、わかりますな。敵の心が」

「それぐらいはな」

信長は笑った。余裕のある表情だ。


この信長は、戦国武将の心情に詳しい。

東国から西国まで、有名どころであれば、名前と人となり、さらにその性格までおおよそのことを知っており、的確に言葉にできる。

清水宗治と会った時にも、その過去について詳しく語り、活躍を褒め称えていた。

小早川隆景は毛利を支える重臣であり、この信長が知識を持っていないはずがなかった。

「味方は、毛利勢の目前まで迫っております」

「見えている。もう戦いははじまるな」

信長は利三を見た。

「どう戦う」

「押し切るだけです」

戦力差が大きい上に、毛利勢は鉄砲や弓矢の数も少なかった。力まかせに押し切れば、日が暮れるまでには決着がつく。

「では、まかせる。やりたいようにやれ」

「文句があるのでしたら、聞きますが」

「山陽道は、おぬしにまかせた。日向もそのように言っている。ならば、儂《わし》がとやかく言うことはなかろう」

利三は、姫路を出発する直前に、山陽道方面の大将に任じられた。かつて羽柴秀吉が勤めていた大役で、毛利勢を叩くことが主な役目である。

利三は毛利との付き合いは薄いことから断ったが、他に人がいないという理由で光秀に説得されて、受けいれざるをえなかった。

織田家の動揺はまだ収まっておらず、とりわけ中国地方ではそれが著《いちじる》しい。信頼すべき人物が大将を務めているが、大半を明智家中の者が占める。利三もその一人として選ばれた。

将来的には丹羽長秀が勤めることになるだろうが、今は彼がやるしかなかった。

信長は利三に背を向けた。わずかに進んだところで、馬の足が止まる。

利三は声をかけた。

「どうなされた」

「殺したいのであれば、やってもよいのだぞ。隙《すき》だらけだ」

「何をいまさら。もう結構です」

利三は小さく笑った。

彼は二度、信長を襲っている。

一度は六月の本能寺、二度目は一二月の二条城だ。さまざまな理由はあったが、どちらも今一歩のところで仕留め損ねている。

今の信長が光秀にとって危険な存在であることは変わらない。勅旨《ちょくし》があったとはいえ、偽物問題が片付いたとは言いがたく、真相が明らかになれば、光秀は再び追いつめられるだろう。

それがわかっていても、利三は今の信長を殺すつもりはなかった。

あまたの危機を乗り越えて、彼はここに立っている。知識の深さと勘のよさ、さらに人を信じてすべてを委ねる懐《ふところ》の大きさは、本物だった。

本人は信長を演じているだけと語ったが、本物と見分けがつかないのであれば、その器量は同じということになる。

主君として立派にふるまってくれるのであれば、今さらとやかく言うつもりはない。

むしろ、彼の切り開く、新しい世界をこの目で見たいとすら思った。

思わぬ流れで備中まで来たのであるから、次は九州かもしれない。この先も十分に楽しむことができるのなら、取り除く理由はない。


「この先も尽くしていきますので、ご心配なく」

「楽しみにしている。では」

信長が立ち去るのにあわせて、銃声が轟《とどろ》いた。

兵の声が備中の空気を切り裂く。

合戦のはじまりである。

六

閏一月四日　備中井原

明智光泰は槍を振りおろし、半槍を手にしていた武者を馬上から切り裂いた。

血が噴き出し、顔が赤く染まる。

武者は口を大きく開き、槍を突き出そうとするが、力尽き、何も言えないまま倒れる。

味方の足軽が首を求めて武者に駆けよるのを横

目で見つつ、光泰は敵陣へ踏みこんだ。

毛利勢は、すでに下がっていた。

長柄《ながえ》勢は武具を捨てて彼らに背を向けていたし、騎馬武者も無理に挑んでくることはなく、距離を置いていた。

陣形は大きく乱れて、右翼は驚くほど手薄になっていた。

「脆《もろ》すぎる。いったい、何だ、これは」

光泰は顔を歪《ゆが》める。

戦いがはじまってから、一刻《いっとき》も経っていないのに、毛利勢は戦意を失っていた。

小田川を渡る織田勢に、弓矢を射かけることもなく、ただ陣地を下げている。

向かってくる武者は数えるほどしかおらず、しかも、そのすべてが討ち取られていた。

「これが、話に聞く毛利の武士か。手強《てごわ》いと聞いていたが、まるで相手にならぬではないか」

弱いのは士気が落ちているためだろう。

味方に見捨てられると、ここまで将兵は戦う気をなくしてしまうものなのか。

光泰は腹がたった。

何に対して怒っているのかよくわからなかったが、気持ちが高ぶるのを押さえられなかった。

「誰でもよい。我と戦う者はいないのか」

「儂《わし》が相手になるぞ！」

ひどく汚れた具足の武者が、黒い馬に乗って光泰の前に立ち塞がった。

前立《まえたて》は折れており、襟《えり》や草摺《くさずり》も大きく切り裂かれている。胴丸にも槍でえぐられた跡があった。

血の跡も残っており、恥を知る者ならば、着るのを拒むような格好と言えた。

「よくも、そのような具足で。何者だ、おぬし」

「我は、福島市兵衛正則。羽柴筑前様の家臣よ」

「おぬしが福島正則か。筑前と黒田官兵衛の首を持ち去って逃げたと言う」

「逃げたわけではない。あるべきところに戻しただけよ」

山崎の戦いで、織田勢は羽柴勢を撃破したが、その時、秀吉と孝高の首を取ることができなかった。正則がその首を抱えて逃げたからである。

孝高の首は、正則の手で姫路の長政の元に届けられた。

長政は織田勢が播磨を制すると、恭順《きょうじゅん》の意を示すため、首を信長に渡したが、信長は丁重に弔《とむら》ってやってほしいと言って長政の元に戻した。

一方、秀吉の首はどこに隠されたのか、わからないままだった。手がかりはなく、一月の半ばには信長の命令で、捜索も打ち切られた。首のない胴が発見されていることから、死んだことは確実であり、無理する必要はないとの判断だった。

「まさか、ここで、おぬしと会えるとはな。筑前の首、どこにあるか吐いてもらうぞ」

「それは、こちらの台詞《せりふ》。小早川様に頼んで、陣を借りていてよかったわ。これで働ける」

正則は笑った。

「早々におぬしの首を取って、そこの川に捨ててやるわ。光秀の小せがれが、儂に勝てると思うか」

正則は、ひどく陰気な瞳で光泰を見た。

「この具足、わざと傷んだままにしたのは、あの日の思いを忘れぬためよ。怨《うら》み、晴らさせてもらうぞ」

「何を言うか。この死に損ないが」

光泰は馬を走らせ、間合いを詰めた。正則が動かぬのを見て、思いきり槍を繰りだす。

顔をつらぬく寸前、それは弾かれた。

いつ槍が繰りだされたのか、まったくわからなかった。

光泰が下がると、横からの一撃が袖を深く切り裂いた。

ついで、左の籠手《こて》がえぐれて、痛みが走る。

「どうした、光秀の小せがれ。そこで終わりか」

「何の、これからよ」

光泰は右腕で槍を繰りだすが、軽々と払われてしまう。膂力《りょりょく》には大きな差がある。

かまわず、光泰は攻めたてる。

「相手にならぬな。死にたいか」

正則の一撃が穂先を叩く。

衝撃を吸収しきれず、光泰は馬上でよろめいた。

「所詮《しょせん》は、真贋《しんがん》を見抜けぬ愚かな者か。偽物に仕《つか》えるような馬鹿では、我の相手にならぬ」


光泰はあえて反論しなかった。

山崎の戦いがおこなわれる直前、二条城に斎藤利三が乱入し、信長に刃《やいば》を向けた。そこで利三は、信長に対して、偽物であると語り、光秀も信長本人もそれを否定しなかった。

それがどのような意味を持つのか、光泰には判断がつきかねた。問いただすにしても、あまりに微妙な話題で、うかつに口にはできなかった。

光泰は、ひどく悩んだ。

ただ、どのような背景があっても、光泰が仕えたいと思う信長は今の信長であり、かつて彼の父が嘆いていた堕落した人物ではなかった。

今の信長と共に天下を取るため、光泰はそのためにはどのようなことでもするつもりだった。

いずれ答えが出る。今は、目の前の敵を叩くことに集中すればよい。

光泰は槍を構えた。左腕は痛むが、無様な姿をさらすわけにはいかない。

正則も穂先を光泰に向ける。

「行くぞ」

動いたのは正則だった。右に馬を走らせて、横から迫ってくる。

光泰は、馬上で、それを迎え撃った。

槍の一撃が頭上から迫る。

光泰はかろうじてはねのけ、うまく身体をひねって突きを入れる。

穂先は胴をかすめるも、致命傷を与えるまでには至らない。

逆に、正則の一撃が光泰の胴を叩く。

衝撃で、光泰の息が詰まる。

「これで、終わりだ」

正則の突きが正面から迫る。

光泰が身体をずらしたのは、ねらいがあってのことではなく、自然にそのように動いたからだ。

槍を繰りだしたのも、考えてのことではない。

正則の穂先を、光泰の槍が叩く。

鈍い音がして、正則の槍が折れた。

光泰は馬を寄せ、右手一本で槍を回して、全力で突き出す。

折れた槍を手にしたまま、正則は笑った。

その顔面に、光泰の槍が突き刺さった時、強敵との戦いは終わりを告げた。

七

閏一月四日　備中井原

坂を登ったところで、馬が膝をついたので、小早川隆景はすばやく下りて、その傍《かたわ》らに立った。

「無理させてしまったな。すまなかった」

馬の息は荒く、目も血走っていた。

隆景は鞍を外すと、その首筋をなでた。

「ここで十分だ。後は好きなところへ行け」

馬はしばし隆景を見て、彼から離れたが、遠くに行くことはなく、木陰に入ったまま動かなかった。視線は隆景に固定されている。

「どこへ行ってもよいのに」

「殿が好きなのでしょう。最後は、誰でも己《おのれ》の望むところに留まりたいものですよ」

岡景忠が声をかけてきた。

兜はなく、槍も太刀を捨てている。それでいながら馬を引き連れているから、不思議である。

「こいつも離れようとしないので」

「そうか。では、死に水は取ってもらうとするか」


隆景は南の平野に目を向ける。

すでに合戦は終盤で、離れていても軍勢の動きがないことは見てとれた。兵の声もまったく聞こえない。

小田川の西を制圧しているのは、織田勢だった。井原の戦いは、毛利勢の完敗で終わった。

織田勢の攻勢を、小早川勢はまったく支えることができず戦いは二刻《ふたとき》にわたってつづいたが、勝負は最初の半刻で決まっていた。

明智勢の攻勢で、軍勢の中央が粉砕されると、隆景は陣を離れた。わざと目につくように派手な格好をし、配下の足軽にも彼が逃げたことを触れ回るように命じた。

敵の目を引きつけるためであり、少しでも多くの味方に後退してほしかった。

そもそも、三〇〇〇の軍で、一万五〇〇〇を迎え撃つことが無茶だったのである。これ以上、隆景の意地に付き合ってもらう必要はなかった。

隆景は、小田川に沿って北に向かった。馬を止めたのは、二刻に渡ってかけつづけ、山間の急流地帯に入ったところだった。

「ここまで来れば、よいだろう。腹を切ろう」

「備後に逃げることはできますが」

景忠の言葉に、隆景は首を振った。

「逃げたところで居場所はない。毛利家にとって、儂《わし》は敵よ。秀吉と組まなければ、こんなことにならかったと、誰もが思っている。居場所がないどころか、下手をすれば誅殺《ちゅうさつ》される」

「小早川家は、殿を大事に思っています」

「だったら、なおさら、ここで終わらせないとな。つまらぬ争いに巻き込みたくはない」

隆景は顔をあげた。

「儂の首は、輝元のところに持っていけ。その後、どうするかは、向こうに決めさせよ。井原の地にさらされることになろうと、恨むつもりはない」

「承知いたしました」

「ああ、あと、追い腹は切るな。おぬしは生きて、天下がこの先、どうなるか見守ってくれ」

「厳しいことをおっしゃる」

「そのような者が一人はいないとな。それぐらいの意地は通したいところだ」

京の騒乱からはじまった毛利家の冒険は、ここで終わりを迎える。

この先、どうなっていくのか。

織田の傘下で生きていくのか。それとも滅ぼされて、戦国の幻と消えるのか。どのような道も考えられる。

誰かがそれを見届けなければならない。自分ができない以上、家臣に託するのは当然のことだった。

「では、いざ……」

隆景が河原に腰を下ろした。

空気が揺れたのは、その直後である。間道から馬の足音が響く。

思わず顔をあげると、指物《さしもの》をした騎馬武者が飛び出してきた。

二〇騎で、そのうちの半分は織田木瓜の指物をしている。水色桔梗も混じっているが、その数は少なかった。

「まさか、織田の兵がここまで」

「殿、お逃げくだされ。ここは手前が……」

「いや、待て。おぬしこそ」

「小早川中務様と見ましたが、いかがか」

武者が馬から下りて、声をかけた。その眼光は思いのほかやわらかい。

ここで嘘をついても見苦しいだけだ。隆景は素直に応じた。

「いかにも。儂が小早川中務大輔隆景だ」

「手前は、斎藤内蔵助利三。間に合って、ようございました」

「何と」

隆景は驚いた。まさか、一軍の大将がわずかな手勢を率いて、こんな山奥にまで入ってくるとは思わなかった。伏兵に討ち取られたらどうするつもりだったのだ。

隆景の心理を読み取ったのか、利三は笑って応じた。

「毛利にその余裕はございますまい。逃げるだけで精一杯だったようで」

「確かにな。して、ここに来たのは、儂の首を取るためか」

「いえ。会っていただきたい方がおりまして、後を追ってきました。ああ、来たようですな」

間道から、黒い馬が姿を見せた。黒の陣羽織に、黒の南蛮胴といでたちが目を惹く。

髷《まげ》はきれいに結ばれ、髭《ひげ》も整っている。

引き締まった顔と無駄のない身体を見た時、隆景はその人物が誰であるかわかった。

「そんな、馬鹿な」

「つまらぬ前置きはなしにさせてもらう。儂は、織田前右府信長。おぬしに話があって、ここまで来た」

織田の惣領が本陣を抜け出して、人気《ひとけ》のない山地に入り込むとは。驚くべきことである。

もし、ここで信長が討たれれば、織田家は崩壊する。それはわかっているのだろうに。

隆景が見ると、利三は首を振った。

「言っても聞きませんので。上様は」

「よく言う。最後まで文句を言っていたくせに。挙げ句の果てに、十次郎にすべてを押しつけて、儂についてきた」

「万が一のことがあっては困りますからな。その身は守らせていただきますよ」

隆景は衝撃を受けた。

利三は光秀の家臣であり、信長はその上に立つ人物だ。もっと気をつかうべきで人物であるのに、どうして、ここまで気さくに話ができるのか。

聞いていた話とは違う。厳しいだけの武者ではなく、もっと深みを感じる。

信長は馬から下りると、隆景の前に立った。

「戦は終わった。我に降《くだ》れ」

「首がほしいというのであれば、ここでどうぞ。生き恥はさらしたくありませぬ」

「そうではない。儂に仕えてほしい。どうせ、毛利に居場所はないのであろう」

　隆景は息を呑んだ。自然に顔があがる。

「この戦ぶりを見ればわかる。おぬしほどの人物が意地を見せようとしているのに、誰も手を貸そうとせぬ。後詰めの兵を送らぬのは、見捨てた証《あか》しであろう。見ていて、さすがに、心が痛む」

　信長は、膝をついて、座ったままの隆景を見おろした。

「おぬしのことはよく知っている。毛利を支えた知将であり、陸の兵のみならず、水軍にも詳しい。人格者であり、備後や美作、伊予のまとめ役を務めている。おぬしがいたからこそ、元就が亡くなった後も、内から崩れることなく、版図を保つことができた」

「よく御存知で」

「知る機会があっただけよ。昔にな」

　信長は笑った。澄み切った笑みで、見ていて清々《すがすが》しい。

　信長とは、このような表情をする人物なのか。

「故《ゆえ》に、この戦いで負けたおぬしが、何をするのか、見当はついた。すべての罪をかぶって腹を切り、主君の輝元や他の者には害が及ばぬようにするつもりだったと見た。さすれば、毛利の家は残るからな。実によく物事が見えている」

　信長は立ちあがった。

「されど、そこまで尽くしたところで、今の毛利がどこまで喜ぶか。おぬしと輝元殿の間に隙間《すきま》があることは知っている。無理して、命を絶っても報われることはあるまい。ならば、儂に仕えて、手を貸してほしい」

「手を貸すとは」

「日の本を一つにまとめあげ、新しい世の中を万民に見せたい」

　隆景は息を呑んだ。それをねらっていることは予想がついていたが、本人の口から語られると、やはり驚く。途方もない視野の広さだ。

「それには、おぬしの力が必要だ」

「ですが……」

「儂は、このたびの戦いで、多くの味方を失った。筑前もそうであるし、官兵衛もそうだ。二人はきわだった力を持っていたが、つまらぬ争いのおかげで命を落とした。いや、儂が死に追い込んだ。悔やんでも悔やみきれぬ」

「では、織田殿は、二人を生かすつもりだったと」

「降ってくれれば、新しい役目を与えるつもりだった。うまく導くことができず、残念に思っている」

　まさか、秀吉と孝高を許すつもりでいたとは、驚くほどの寛容さであり、かつての信長とは大きく異なる。

　もしやすると、この信長は……。

「だからこそ、おぬしは生かしたい。儂の臣下にならずともよい。毛利の家臣のままでよいから、たまに儂と話をして、先々のことを共に考えてくれるだけでもかまわぬ。今は生きて、新しい天下の行く末を見てくれぬか」

　信長の言葉は、隆景の心に響いた。新しい天下という言葉に、これまで感じたことのなかった何かを感じる。

　それは、毛利を守るため、己《おのれ》の欲望を抑えた時に消した思いだった。

　秀吉の件で、隆景は下手を打ち、家中から見捨てられた。輝元には嫌われており、信頼を取り戻すのはむずかしい。

ならば、一歩、踏み出してみてもかまわない。

毛利という殻を捨てるのは、今かもしれない。

隆景は頭を下げた。

「生き恥をさらすのは心苦しいですが、こうして囚《とら》われの身となった以上、とやかく申すつもりはございませぬ」

「では……」

「この身体、貴殿に預けましょう」

「そうしてくれると助かる」

信長がうなずく姿を、隆景は見ていた。

おそらく秀吉の言葉は正しく、この信長はかつての信長とは違う人物なのだろう。峻烈《しゅんれつ》でありながら、人の失敗を受けいれる寛容さがある。

それだからこそ、この信長は日の本を取ることができるかもしれない。

さらに、その先の世界にも手を伸ばし、かつてない版図を掌中《しょうちゅう》に収めるかもしれない。

それは、おもしろいことだ。

信長にうながされて、隆景は立ちあがった。景忠を見て、一つうなずく。

先のことはわからない。だが、まったく違った地平が隆景の先に広がったことは確かだった。


この井原の戦いをもって、織田と毛利の衝突は終わりを迎えた。毛利が申し入れた和睦を、織田が受けいれ、西国の情勢は大きく変わることになる。

それは、全国統一への最初の一歩だった。

この後、信長による統一作業は加速し、戦国の世はついに最終局面を迎えたのである。

終章　統一の彼方

天正一一年七月二日　筑後久留米城《くるめじょう》

一久が陣羽織《じんばおり》を身にまとい、丘に出たところで、将兵は声をあげ、攻めかかった。

南側から、足軽が列を成して門に押し寄せる。先陣だけで、その数は二〇〇を超えている。

敵は城内から矢を射かけるが、それだけで勢いを押さえることはできない。たちまち、先頭は城門にたどり着き、門扉に圧力をかけている。

破城槌《はじょうつい》が到着すれば、一気に打ち破ることができるだろう。

久留米城は、筑後川沿いの丘陵地帯に建てられた平城で、筑前、筑後、肥前の結節点に位置する。

川の流れをうまく生かした堅城として知られていて、大友家が何度となく大軍で押し寄せたが、そのたびに攻勢を跳ね返している。

しかしながら、城そのものは小さく、今回、織田勢が攻める直前に拡張したものの、二の丸の整備はまだ終わっておらず、大軍を抑えきるだけの余裕はなかった。

城攻めをはじめてから、わずか二日で二の丸大手門までたどり着いたことが、その証《あか》しである。

城を守るのは、龍造寺隆信の家臣、成松信勝《なりまつのぶかつ》である。織田の進出にあわせて急遽、城主となって、龍造寺勢四〇〇〇を率いて籠城している。

ここで織田勢を食い止めている間に、龍造寺隆信の本隊が回り込んで、退路を断つ策だ。

それがわかっていたからこそ、一久は全力で久留米城を攻めた。後巻の兵がたどり着く前に落としてしまえば、逃げ道の心配はないし、何よりも織田の実力を九州の地に示すことができる。

九州征伐に弾みをつけるのであれば、完勝が必要というのは、征伐軍首脳部の共通した意見だった。

兵がさらに城門に押し寄せるのを見て、一久は訊ねた。

「どう見るか。大友殿」

「思いのほか、龍造寺の守りは薄いようで。これなら突破できるやもしれませぬ」

大友宗麟が応じる。

甲冑《かっちゅう》は身につけているものの、兜《かぶと》の代わりに頭《ず》巾《きん》をかぶり、太刀も差していない。悠然とふるまう姿に、緊張感はない。


織田が助けに来たことで、すっかり安心しているようだ。正直、それでは困るのだが、つまらぬ口出しをされるよりはよいかもしれない。

九州征伐の主導権は、あくまでも織田が握っており、大友はそれを支える存在であるのだから。

毛利の降伏により、中国地方の戦いが終わると、一久の目は九州に向いた。

追いつめられた大友家が助けを求める一方で、島津、龍造寺が連合して、織田と対決する姿勢を示していたからだ。

一久が正親町帝の名前を借りて、九州惣《そう》無《ぶ》事《じ》令《れい》を発し、無用な戦《いくさ》をしないように警告したにもかかわらず、島津も龍造寺も北上し、大友の要衝《ようしょう》を次々と削り取っていた。

交渉の結果も芳《かんば》しくなく、島津の手勢が大友の本拠に迫るのを見て、一久は九州討伐の兵を挙げることを決めた。

それは、天正一一年六月二日、彼が転生してから、ちょうど一年が経った日のことだった。

六月二五日、織田勢は二手に分かれて、九州に乱入した。

岩屋城から筑後方面に向かったのは、一久が指揮する主力で、その数は七万。丹羽長秀、津田信澄《つだのぶずみ》、明智秀満、斎藤利三らを配下に置き、龍造寺の城を攻めたてた。

またたく間に二万の兵が筑後に乱入し、久留米城の攻撃にあたっている。また津田信澄と丹羽長秀が率いる二万は、肥前方面に展開して、龍造寺隆信が留まる佐賀城《さがじょう》を目指している。

もう一方は、豊後から日向口を目指しており、采配を振るうのは、明智光秀だった。

その配下には、四国を制した長宗我部元親や光秀の長男である明智光慶、さらには、織田に臣従を誓った小早川隆景や黒田長政も加わっていた。

援軍の毛利勢もあわせると、その数は六万に達する。

すでに日向に乱入して、耳川で島津勢を撃破して南に下っていた。

織田の勢いを見て、肥前や肥後の国衆は次々と臣従を誓っており、勢力範囲は一気に拡大している。大敗がなければ、この流れが変わることはないだろうと一久は読んでいた。

「間もなく九州の戦いも終わりますな」

宗麟は穏やかに語った。合戦の最中とは思えない言い回しで、気がゆるんでいるのがわかる。

「一月もせぬうちに、島津も龍造寺も下ってきましょう。織田に逆らう者はいなくなり、あとは好きなように国分《くにわ》けするのがよいかと」

勝手なことを言ってくれる。それがどれだけむずかしいか、わかっていないのか。

史実では、秀吉の九州征伐後、国衆の一揆が頻発し、それを鎮圧するには、長い時間を要した。

佐々成政《さっさなりまさ》は肥後の一揆を押さえられず、秀吉から領地を取りあげられ、最終的には切腹を命じられたほどだ。

九州の国衆を平らげるには、それなりの時間と覚悟が必要である。戦が終わって、すべてが終わりではない。

一久は、宗麟から離れて馬に乗った。静かに前に出ると、その傍《かたわ》らに光泰が従った。

「あまり前にはお出にならぬように。いつ敵が来るかわかりませんので」

「大丈夫だ。無茶はせぬよ」

「そう言って、井原では内蔵助だけを連れて、山奥まで突き進んだではありませぬか。事の次第を知って、血の気が引きましたぞ」

「小早川殿を失うわけにはいかなかったからな。少しぐらいは、無理をするさ」

一久は笑った。

「おぬしのためにも、無茶はしないでおく」

「そうしてくださると助かります」

光泰は頭を下げた。

その顔には、わずかながら影がある。

気になることがあって、それを訊ねたいのだが、信長に配慮してあえて口を閉ざしていることが見てとれる。

おそらく一久の正体についてであろう。彼は利三が二条城に乗り込んできた時、その場におり、彼らのやりとりを聞いている。一久が偽物であることに気づいていると見てよい。

いずれは、光秀に対して説明したように、彼にも真実を語る必要があろう。

光泰には、日本の未来にかかわる重要な役目を担ってもらうことになる。それは歴史を大きく変えることにつながるため、何も知らさないで進めるわけにはいかない。

しかし、それもまた先の話だ。今は、全国統一の作業を確実に押しすすめねばならない。

九州討伐は順調に進んでおり、うまくいけば、島津も龍造寺も織田に降伏するだろう。その先の国分けは大変であるが、すでに光秀や隆景と打ち合わせ済みである。粛々《しゆくしゆく》と進めていくだけだ。

一方、東国は北条との交渉が最終段階に入っている。

滝川一益はすでに信濃を奪還し、一部の兵は上野《こうづけ》に進出している。甲斐も河尻秀隆が徳川の力を借りて制圧に成功した。

宇都宮家や佐竹家との協力も進んでおり、北条包囲網は間もなく完成する。

それを知ってか北条からは和睦の申し入れがあり、秀隆と一益が交渉にあたっている。北条は上野、下野《しもつけ》を捨て、武蔵、相模、伊豆《いず》の三ヶ国だけを保持できればよいと考えているようで、話し合いは順調に進んでいた。

上杉とはすでに和睦が成り立っており、川中島四郡は織田の手に戻っていた。

奥州では伊達家との連携が決まり、北条との交渉が決まり次第、滝川一益の手勢が進出することになっている。その知らせを聞いて、味方につく勢力も増える一方だ。

全国統一は目の前であり、大きな失策がなければ、一久は信長が成しえなかった大事業を達成するだろう。

だが、それですべてが終わるわけではない。今回の全国の統一は、史実よりも早く、それだけ大勢力が残っている。柴田勝家や滝川一益といった大物は健在であるし、織田信雄、織田信包といった織田一族も勢力を保っている。

長宗我部は四国を統一し、土佐一国に留まっていた史実とは大きく異なる。

毛利と長宗我部の対立も残っているし、織田家中も不穏なままで、大規模な乱が起きてもおかしくない。

信長の偽物問題がそれに拍車をかけるかもしれない。統一はまやかしで、いずれ日の本は大きく割れて、戦乱の世に逆戻りすることもありうる。

史実にはない世界が目の前に広がっている以上、何が起きてもおかしくはない。

それがわかっているからこそ、一久は日の本をまとめあげた後のことを考えて、新しい計画を着々と進めていた。

史実の徳川時代のように国を閉ざすのではなく、唐にも南蛮にも、そして太平洋を越えた先にある広い大陸にも足を伸ばしていく。島国根性を越えて、遠い世界の人々と結びついてこそ、日本は史実とは違う、新しい発展を手に入れることができると一久は信じていた。

何よりも、彼は信長である。

自分の信じたもののために戦うのが、本来の信長である。

ならば、一久も最後まで戦い抜く。

たとえ敵に囲まれて、行き場をなくしても。

それが彼の生きる道だった。

「是非もなし」

一久はつぶやくと、馬を前に出した。

夏の強い日射しが頭上から降りそそぐ。それは、彼の行く先を示すかのように、大地に深い陰影を刻み込んでいた。

＊

京の騒乱による混乱を乗り越えて、光明寺一久、いや、織田信長は全国統一を成し遂げた。奥羽の平定に手間取ったことで、全国惣無事令の発布は天正一二年三月一〇日となった。

織田は、下野、越中、甲斐から美濃、尾張、近江、さらには畿内の国々に、播磨、備前、備中を支配下に収める大国を作りあげた。

尾張、近江、山城、摂津は大部分が織田の蔵入《くらいり》地《ち》となり、その経済力はかつてないほどに高まった。

信長は朝廷から征夷大将軍叙任を持ちかけられたが、それは断った。

代わって、新たに設置された鎮軍《ちんぐん》大将軍の地位を得て、武門の頂点に登りつめた。この時、正親町帝の勅旨《ちょくし》により、源氏から武家の棟梁《とうりょう》の地位も引き継いだ。

時代は源氏、足利氏の時代から大きく変わったと言える。

この織田政権で、最も大きな力を握ったのは明智家だった。京の騒乱を起こしながらも、信長を支え、全国統一に尽力した。光秀はそれこそ全国で信長とともに戦い、大きな戦功を手にした。

その結果、領土は近江半国に加えて、丹波、因幡、伯耆の四国が加わった。さらには、副将軍の地位を与えられて、末永く織田家を支えるように朝廷から命じられた。

同じく織田の家臣だった滝川がその後、没落し、柴田家も勝家の死後、出羽に移されたことを考えれば、明智家は栄華の頂点を極めたと言える。

信長と光秀が生きている間、両者の関係は密接で、難局にあっても意見が対立することはなく、役割を分かち合って、事案の解決に望んでいた。

あまりの関係の深さに、他の家臣が忠告したが、彼らが意に介することはなかった。

徳川家康と織田一族が手を組んだ尾張・三河の乱をくぐり抜け、長宗我部元親の死とそれに伴う毛利と長宗我部の戦いを収め、最後に西国と東国で同時に発生し、畿内の織田勢を東西から圧迫した、いわゆる慶長《けいちょう》の変《へん》に勝利したところで、日の本は安定の時を迎えた。

織田と明智は、時には協調し、また時にはすさまじく対立しながら、長き泰平の世を過ごすことになる。

それは、西暦一七九二年、江戸の乱からはじまる市民革命の時代までつづいた。

信長こと、光明寺一久は、西暦一六〇〇年、六七才で死んだ。光秀に遅れること一年であった。

偽物疑惑は生涯つきまとい、家康が叛乱《はんらん》を起こした時にも、名目の一つに加えられた。

儂《わし》は偽物だから何をやってもよいのだと自虐することもあったが、常に場では、常に彼は信長でありつづけ、信長としてふるまうことを忘れたことはなかった。

晩年、一久は自らの知識をまとめあげ、一冊の書物にまとめた。そこには、未来で起こるべき出来事が細かく記されており、それに対応する具体的な計画も用意されていた。蒸気機関の製造法や電気技術の基礎、さらには石油の埋蔵地まで書かれており、それは後の織田の世に大きな影響を与えることになる。

託されたのは、一久からすべてを告げられた明智光泰である。

彼は明智家から離れて、この秘密を守り抜くための家を打ちたて、その子孫はその遺志に従って、人に知られぬように書物を守った。そして、時の流れにあわせて、その内容を細かく発表した。

それは、一九世紀末から二〇世紀にかけて、世界をリードし、国際平和のために尽力する大日本帝国の誕生をうながすことになる。

工業化を早くから達成し、史実ではなしえなかった、世界をまとめあげる日本を、一久、いや信長は打ちたてるきっかけを作り、世界史上、屈指の英雄としてその名を歴史に残したのである。

完

VICTORY NOVELS ヴィクトリー ノベルス

新生！ 最強信長軍（下）
真・山崎の戦い

2024年8月25日　初版発行

著　者　　中岡潤一郎
発行人　　杉原葉子
発行所　　株式会社 電波社
〒154-0002　東京都世田谷区下馬6-15-4
TEL. 03-3418-4620
FAX. 03-3421-7170
https://www.rc-tech.co.jp/
振替　　00130-8-76758

印刷・製本　中央精版印刷株式会社

ISBN978-4-86490-271-7 C0293